Vanillekipferl für zwei

Winterglück im kleinen Souvenirladen

Vanillekipferl für zwei

Winterglück im kleinen Souvenirladen

Maggie Uhmann

Die Deutsche Nationalbibliothek verzeichnet diese Publikation in der Deutschen Nationalbibliografie; detaillierte bibliografische Daten sind im Internet über dnb.dnb.de abrufbar.

Maggie Uhmann

E-Mail: maggie@uhmann.at

c/o skriptspektor e. U.

Robert-Preußler-Straße 13 / TOP 1 5020 Salzburg

AT - Österreich

Lektorat: Katharina Strzoda / lektorat-lieblingswort.de

Korrektorat: Birgit van Troyen / www.facebook.com/BirgitsKorrektorat/

Cover-/Umschlaggestaltung: Buchgewand Coverdesign www.buch-gewand.de

unter Verwendung von Motiven von: stock.adobe.com: © Goran depositphotos.com: © massonforstock, © Maxborovkov, © Dr.PAS, © chuckchee, © Mogil

Die Handlung und alle handelnden Personen sind frei erfunden. Jegliche Ähnlichkeit mit lebenden oder realen Personen wären rein zufällig

Herstellung und Verlag: BoD – Books on Demand, Norderstedt

ISBN 9783756845262

Inhaltsverzeichnis

1. Frühschoppen, 15. November 9

2. Die Zeitungsente, 16. November 18

3. Weihnachten wie damals, 16. November 23

4. Weihnachtsbäckerei, 27. November 29

5. Vanillekipferl für zwei 41

6. Krippenspiel mit dem Feuer, 28. November 51

7. Zuckerguss, 4. Dezember 59

8. Der Krampus kommt, 5. Dezember 69

9. Nikolaustag, 6. Dezember 81

10. Aus neu mach alt, 7. Dezember 96

11. In Flammen, 11. Dezember 103

12. Raunächte, 21. Dezember 120

13. Heiligabend, 24. Dezember 129

14. Die letzte Story, 28. Dezember 145

15. Champagne, 28. Dezember 149

16. Silvester, 31. Dezember 152

17. Neujahr, 2. Januar 171

18. Valentinstag 179

19. Neues Glück, 20. November 202

Nachwort und Dank 211

Kapitel 1
Frühschoppen, 15. November

»Viel Spaß und einen schönen Aufenthalt auf der Burg Ehrenfelsen!«, wünschte ich dem Paar mittleren Alters, das sich gerade verabschiedete und mit seinen Eintrittstickets meinen urigen Souvenirladen verließ. Ich blickte den beiden durch das Schaufenster nach, während sie über den Burghof in Richtung Besuchereingang hasteten. Heute war einer der ersten richtig kalten Tage des nahenden Winters und sie hatten sich mit ihren leichten Jacken offensichtlich in der Garderobe vergriffen. Das Gespann hakte sich unter und stemmte sich gegen den eisigen Wind. Unwillkürlich musste ich an zwei treue Pinguine am Südpol denken, die sich eng aneinander kuschelten und gemeinsam den Elementen trotzten. Das war richtig rührend! Ich liebte solche romantischen Wintermomente, auch wenn sie mir selbst aktuell leider nicht vergönnt waren, denn ich war Single. Bislang war unter den Männern, die ich geküsst hatte, kein Prinz gewesen. Obwohl das Leben zu zweit viel schöner war und ich mich nach dem richtigen Mann an meiner Seite sehnte, ging ich aber doch lieber allein durchs Leben als in Begleitung eines Frosches.

Seufzend wandte ich mich wieder dem Sortiment in meinem Laden zu. Wenige Tage vor dem ersten Adventsonntag war bereits alles herrlich weihnachtlich dekoriert, inklusive mir selbst. Ich zupfte an meinen roten Christbaumkugelohrringen. Um sie zu betonen, trug ich meine schwarze lange Mähne heute in einer pyramidenhaften Turmfrisur, die von türkis und rosa gefärbten Spitzen eingefasst wurde. Mit dem schwarz-rot karierten Mini-

Kilt, den ich über dicken Strümpfen zu einem enganliegenden roten Longsleeve angezogen hatte, passte ich super in meinen weihnachtlichen Shop, fand ich. Mein Bruder Matthias hatte gelacht, als er mich heute Morgen gesehen hatte und gefragt, ob das Frühstück von Tiffany's zum Nordpol verlegt worden war. Witzbold!

Zufrieden blickte ich mich in dem kleinen Geschäft um. In den vergangenen Tagen hatten meine Schwägerin und ich die festliche Dekoration gebastelt und gleich angebracht. Annette war ziemlich ideenreich im Herstellen dieser glanzvollen Stücke. Wir hatten einen riesigen Adventskranz gebunden und rote Kerzen, Walnüsse, Bänder, Zimtstangen und Tannenzapfen darauf festgesteckt beziehungsweise mit Sekundenkleber darauf fixiert. Mit einem tiefen Atemzug sog ich den Duft der würzigen Tannenzweige ein. Außerdem hatten wir Lichterketten über den Fenstern angebracht, dekorative Lärchenzweige in Gläsern drapiert und Zapfen auf Schnüren entlang der Wände aufgehängt, die wir zuvor von allen möglichen Nadelbäumen gesammelt hatten. Und auch sonst war ich heute mit meinem kleinen Laden wunschlos glücklich. Denn trotz eines neuen Ordnungssystems, das Annette und ich uns ausgedacht hatten, nahm regelmäßig das Chaos überhand. Aber jetzt, vor Beginn der Weihnachtszeit, hatte ich alles aufgeräumt, umsortiert und neu gestaltet. Ein seltener Anblick! Die Bücher, Shirts, Gläser und Teller, die mit kunstvollen Zeichnungen der Burg verziert waren, lagen geordnet in den Regalen. Direkt neben der Kasse waren unsere Verkaufsschlager der Winterzeit in einer langen Reihe aufgestellt: Schneekugeln in drei verschiedenen Größen, die ich nacheinander schüttelte und damit einen

Flockensturm um die darin eingeschlossenen Ehrenfelser Burgen entfachte. Danach sortierte ich die Hoodies, die mit Motiven des mittelalterlichen Gemäuers bedruckt waren. Nebenher legte ich gleich eine Liste jener Größen und Farben an, die knapp wurden, von denen ich später neue aus dem Lager holen musste. Toll, ich hatte alles voll im Griff!

In dem Moment piepste mein Mobiltelefon, das neben dem Kassencomputer auf dem Verkaufstresen lag.

»Andrea? Was gibt's?«, begrüßte ich überrascht die Chefin vom *Postwirt*, unserem Dorfgasthaus. Wir waren seit Kindheitstagen lose befreundet und liefen uns in unserem kleinen Ort ab und zu über den Weg. Dann plauderten wir miteinander, aber wir telefonierten so gut wie nie.

»Hallo, Estelle! Tut mir leid, dass ich dich so überfalle, aber kannst du bitte kommen und deinen Vater abholen … jetzt gleich? Ich glaube nicht, dass er es allein nach Hause schafft. Er steht vor dem Gasthaus und wartet.«

»Ah …«, antwortete ich verdutzt, doch sogleich war mir alles klar. Es war zwar schon länger nicht mehr vorgekommen, aber wahrscheinlich hatte er sich einen kleinen Frühschoppen gegönnt und war jetzt unsicher auf den Beinen. Na super. »Aber sicher, ich bin gleich da.«

Andrea verabschiedete sich und ich legte stöhnend auf. Dreißigjährige Frauen holten doch normalerweise ihre Kinder aus der Kita oder sogar schon aus der Schule ab. Ich dagegen war drauf und dran, meinen Vater von einem Umtrunk aufzulesen. Tja, das waren die Schattenseiten unserer funktionierenden Dorfgemeinschaft, in dessen Epizentrum sich der *Postwirt* befand. Da passierte es schon mal, dass man hängenblieb.

Mein Blick fiel auf die Uhr über der Eingangstür. Es war kurz nach zwölf, da sollte ich den Souvenirladen eigentlich nicht einfach so dicht machen. Wenn ich Pech hätte, käme genau in der halben Stunde, die ich weg wäre, ein Reisebus an, und ich müsste nach meiner Rückkehr fünfzig herummosernde Ruheständler beschwichtigen. Diese hatten immer am wenigsten Zeit. Aber wenn mein Papa mich brauchte, dann ließ ich natürlich alles stehen und liegen, auch wenn es ungelegen kam.

Rasch griff ich mir meine rote Pailletten-Umhängetasche, die an der Garderobe hinter dem Verkaufstresen hing, schlüpfte in meinen pinken Mantel und eilte zur Tür. Dort drehte ich das Geöffnet-Schild an der Glasscheibe um, sodass etwaige Besucher mit der Botschaft *Komme gleich* vertröstet wurden, trat hinaus und sperrte ab.

Zehn Minuten später klappte ich den Beifahrersitz meines blitzblauen Mini-Coopers nach vorn, um meinen fast achtzigjährigen Vater auf die Rückbank klettern zu lassen. Er war ein großer, athletischer Mann und für sein Alter immer noch ziemlich beweglich, was ihm bei der heutigen Turnübung zugutekam. Trotz der Kälte hatte ich das Schiebedach des Wagens bei der Herfahrt bereits offen stehen lassen müssen, weil meine Turmfrisur sonst wie bei Marge Simpson am Plafond des Autos gestreift hätte. Diese Öffnung benötigten wir jetzt auch, um Bobby, die dunkelbraune Riesendogge meines Bruders, mitnehmen zu können. Papa und er machten oft Spaziergänge miteinander, so auch heute. Nachdem mein Vater Platz genommen hatte, versuchte ich, den Hund zu überreden, auf den

Beifahrersitz zu hüpfen. Obwohl wir schon häufiger kurze Strecken auf diese ungewöhnliche Art und Weise gefahren waren, wusste Bobby scheinbar nicht mehr, dass er seinen XXL-Kopf durch die Luke oben rausstrecken musste, denn anders passte er nicht in meine kleine Nuckelpinne. Er hob seine flapsigen Ohren und schaute mich an, als würde ich von ihm verlangen, sich in eine meiner Schneekugeln zu zwängen.

Seine schlabberige rosa Zunge hing aus seinem Maul und er hechelte das Aroma seines Magens ins Wageninnere. Ich drehte meinen Kopf zur Seite. »Hast du eine Wasserleiche geküsst ... oder angeknabbert?«

Vater lachte mit seiner tiefen, volltönenden Stimme, die mich immer ein wenig an das Organ eines professionellen Schauspielers oder Opernsängers erinnerte. »Versuch es mal damit.« Papa reichte mir einen Müsliriegel, der aussah, als würde er ihn seit zwei Jahrzehnten in seiner Manteltasche spazieren tragen. Ich öffnete das Leckerli, ließ Bobby daran schnuppern und hielt es dann aus der geöffneten Luke, um ihn damit zu locken. Prompt setzte Bobby sich in Bewegung, machte einen Satz auf den Beifahrersitz und steckte seinen Kopf oben raus. Zur Belohnung bekam er natürlich seine Süßigkeit, die er sich mit einem Biss einverleibte. Perfekt! Ich ging um den Wagen, um Bobbys Tür zu schließen. Sein unverhältnismäßiger Anblick erinnerte mich ein wenig an eine Zuckerstange, die aus einem Weihnachtsstrumpf herausschaut.

»Puh, das wäre geschafft!« Ich setzte mich hinter's Steuer und kontrollierte mit meiner rechten Hand die Lage des Türmchens auf meinem Haupt. »Wir sehen sicher sehr lustig aus. Wie Goofy und Mickey Mouse auf einem Sonntagsausflug. Du weißt schon, wenn sie in ihrem viel zu kleinen Auto herum düsen«, kicherte ich.

Im Rückspiegel beobachtete ich, wie sich tiefe Lachfalten um Augen und Mund meines Vaters bildeten, fast so, als wollten sie zusätzliche Smileys in seinem Gesicht formen. »Dann bin ich der Graf von Entenhausen und nicht von Ehrenfelsen«, sagte er vergnügt. Obwohl es in Österreich offiziell keine Adelstitel mehr gab, wurde unsere Familie von den Menschen in der Umgebung aus überlieferter Gewohnheit häufig noch mit dieser veralteten Anrede tituliert.

Jetzt war es aber höchste Zeit loszufahren. Fünfzehn Minuten waren schon vergangen, seitdem ich den Souvenirladen verlassen hatte und ich musste rasch zurück. Ich startete den Wagen und ließ die Kupplung gemächlich kommen, sodass der massige Körper der Dogge beim Anfahren sanft gegen die Lehne des Beifahrersitzes gedrückt wurde. Bobby hechelte entzückt, wie ich mich mit einem Blick hinauf vergewisserte. Über uns erstreckte sich eine dicke graue Wolkendecke. Wann es wohl den ersten Schnee geben würde? Nach den Temperaturen zu urteilen, konnte es nicht mehr allzu lange dauern.

Fröstelnd schob ich den Reißverschluss meines Daunenmantels bis zum Kinn hinauf. »Wo ist eigentlich Leo?«, erkundigte ich mich nach dem Verbleib von Papas bestem Freund, der bei einer Zechtour normalerweise nicht fehlte.

»Den hab ich heute noch nicht gesehen«, antwortete Vater.

Ich hob nun meinerseits die Augenbrauen. Komisch. Er war ohne seinen Kumpel unterwegs gewesen? Und eigentlich wirkte Papa überhaupt nicht alkoholisiert, so wie ich es eigentlich erwartet hatte. Sein Blick war klar, genauso wie seine Aussprache. Er kratzte sich nachdenklich am Hinterkopf.

»Hm. Auf einmal sind wir vor dem Wirtshaus gestanden. Ich habe keine Ahnung, wie wir dort hingekommen sind. Und Bobby auch nicht, stimmt's, Bobby? Außerdem wusste keiner von uns beiden den Heimweg. Dann hab ich die Andrea getroffen, die dich angerufen hat. So ist es mir nicht einmal nach meinem Junggesellenabschied gegangen. Ha, jetzt ist es so weit. Ich bin alt und deppert«, sagte er. Obwohl er dabei heiser lachte, alarmierte mich ein kaum hörbarer Unterton von Resignation, der in seiner Stimme mitschwang.

»Ach, Unsinn. Du bist doch nicht alt. So was passiert mir auch andauernd. Und das *deppert-sein* ist in unseren Kreisen doch ganz normal. Bei uns nennt man das dann *exzentrisch*«, scherzte ich und Vater stimmte jetzt doch wieder fröhlich in mein Lachen ein. Obwohl das nicht stimmte. Denn Nachkömmlingen alteingesessener Adelsfamilien gestand die Gesellschaft keineswegs Verschrobenheit zu. Ganz im Gegenteil. Passierte einmal ein kleiner Fauxpas, stürzte sich die Presse sofort auf uns. »Außerdem kenne ich keinen, der achthundert Kärntnerlieder im Repertoire hat, so wie du. Also komm mir nicht mit *alt und deppert*. Das bist du nämlich nicht.«

Allerdings betrachtete ich ihn daraufhin unauffällig im Rückspiegel, während wir gemächlich auf einer langen Geraden durch den beschaulichen Ort Ehrenfelsen, der unseren Familiennamen trug, zur Villa meiner Eltern fuhren.

Nachdem er einen Moment lang bedrückt gewirkt hatte, war mein alter Herr nun wieder fröhlich wie immer. *Kärntnerlied* war sein Stichwort gewesen und mit seinem eingängigen Bariton ließ er sogleich hingebungsvoll und in perfekter Stimmlage die erste Zeile der ersten Strophe von *A Liadle für Kärnten* hören. Meine Gedanken wanderten indes immer wieder zu unserem Gespräch zurück. Er konnte sich nicht daran erinnern, wie er mit Bobby zum Wirtshaus gekommen war? Und auch an den Heimweg nicht? Das fand ich ehrlich gesagt doch sehr ... beunruhigend. Etwas angespannt stimmte ich in den Refrain des Lieds ein und nickte Papa aufmunternd zu.

Als wir die einstöckige eierschalenfarbene Jugendstilvilla meiner Eltern erreicht hatten, hielt ich vor der breiten Auffahrt. Dann stieg ich aus, lief zur Beifahrertür und öffnete sie. Sofort sprang Bobby mit einem Riesensatz hinaus. Danach half ich Vater, indem ich seine Hände ergriff und mich mit meinem ganzen Körpergewicht nach hinten lehnte. Obwohl er nüchtern war, tat er sich beim Verlassen meines dreitürigen Minis mit seinen alten Gelenken natürlich schwer.

»Eins, zwei, drei ... los«, rief ich. Na, das ging doch super. »Wenn du willst, nehm ich Bobby gleich mit zur Burg hinauf, dann muss Matthias ihn nicht extra holen kommen. Oder wolltet ihr beide nochmals um die Häuser ziehen?«, stichelte ich und zwinkerte Papa zu.

»Hm ... vielleicht könnten wir beide auf einen Sprung beim *Postwirt* vorbeischauen«, überlegte Papa und tätschelte der Dogge den riesigen Kopf.

»Was?«, rief ich. Von dort waren wir doch gerade erst gekommen!

»Dein Gesicht solltest du jetzt sehen. Das war doch nur ein Scherz, Estelle.« Vater lachte. »Klar, bitte nimm Bobby mit. Vielen Dank, mein Liebling.«

Erleichtert stimmte ich in sein Gelächter ein. Puh, einen Moment lang war ich ihm tatsächlich auf den Leim gegangen, als er den Verwirrten gemimt hatte. Papa war so ein Spaßvogel! Man wusste nie so genau, wann er einen Scherz machte und wann nicht. Aber trotzdem war ich unsicher, was ich von dieser eigenartigen Begebenheit, die sich gerade eben zugetragen hatte, halten sollte. Vielleicht wäre es eine gute Idee, mit meiner Mutter und Matthias darüber zu sprechen. Am besten morgen, denn da trafen wir uns ohnehin im Büro, um die letzten Feinheiten für unsere kommenden Veranstaltungen auszumachen. Aber jetzt musste ich erst mal ganz schnell zurück zum Souvenirladen! Bobby sprang nach meiner Aufforderung, aber diesmal ohne Bestechung, wieder auf den Beifahrersitz und dann wartete ich noch, bis Vater die grüne Eingangstür des heimeligen Gebäudes vor mir aufgeschlossen hatte. Meine Eltern und ich waren vor sieben Jahren von der Burg hierhergezogen, als deren Wohntrakt renoviert wurde. Danach war ich erst zu meinem damaligen Freund, und, nachdem wir Schluss gemacht hatten, zurück in mein Apartment auf der Burg übergesiedelt. Jetzt stand Papa in der geöffneten Tür, erwiderte mein Winken und warf mir eine Kusshand zu. Dann verschwand er im Inneren. Ich wendete den Wagen und machte mich auf den Weg zurück zum Shop. Bestimmt erwartete mich dort schon ein Schwarm ungeduldiger Besucher, die ohne ihre Tickets nicht das Drehkreuz zur Ausstellung in der Burg passieren konnten.

Kapitel 2
Die Zeitungsente, 16. November

Lars

Sophie Weiss-Winkelbauer, Chefredakteurin der *Goldenen Revue*, schob ihre rostbraune Vollrandbrille zurück in Position, indem sie mit dem ausgestreckten Zeigefinger auf das Teil über ihrem Nasenrücken drückte. Hinter den dicken Gläsern wirkten ihre graublauen Augen vergrößert, als würde sie mich durch ein Aquarium beäugen.

»Lars«, sagte sie wohlwollend, lächelte mich mit ihren schmalen Lippen an und tippte mit einem Kugelschreiber auf ein Blatt Papier, das vor ihr auf dem Schreibtisch lag. Ich beugte mich von meinem Stuhl ein Stück zu ihr hinüber und erkannte die von meinem Blickwinkel aus auf dem Kopf stehende Schlagzeile des Artikels, den ich heute Nachmittag abgeliefert hatte. Dabei war es um einen prominenten Villacher Unternehmer gegangen und die Mutmaßung, dass er pleite sei. Solche niederschmetternden Meldungen kamen bei den Lesern unseres Wochenmagazins gut an. »Du hast dich ja schon prima bei uns eingelebt. Das war wieder eine tolle Story, bravo.«

»Danke«, antwortete ich knapp. Großartig daran war vor allem, wie weit ich die Schlussfolgerung, dass der arme Mann kurz vor dem Bankrott stand, hergeholt hatte, nämlich ungefähr von hinter dem Mond. Und dabei hatte ich den Text so schwammig formuliert, dass sich eine Verleumdungsklage nicht ausgehen würde. Von Leuten, denen es schlechter ging als ihnen selbst, lasen die Menschen, laut Sophie Weiss-Winkelbauer, halt einfach furchtbar gern. Das gab ihnen ein gutes Gefühl. Ich unterdrückte die Versuchung, mir verlegen durchs kurze blonde Haar zu fahren. Stolz war ich auf mein Werk nicht, denn eigentlich war ich ein ernstzunehmender Sportjournalist, jedenfalls in einem früheren Leben einmal gewesen. Denn als der Traum von der großen Tenniskarriere nach einer langwierigen Meniskusverletzung endgültig zerplatzt war, hatte ich meine Liebe zum Schreiben entdeckt und war Sportreporter geworden. Meinen sehr guten Job bei einer großen Hamburger Tageszeitung hatte ich aber vor einem Jahr aufgeben müssen, nachdem wieder ein Traum, diesmal von der eigenen Familie, zerbrochen war. Und schlimmer noch, hatte sich meine Ex-Frau ausgerechnet in einen Österreicher verknallt und war mit meiner Tochter Hannah zu ihm nach Kärnten gezogen! Weil ich den Kontakt zu ihr nicht verlieren und die Kleine weiterhin regelmäßig sehen wollte, hatte ich gekündigt, Hamburg kurzerhand auch den Rücken zugekehrt und war ebenfalls hier hergezogen. Und das, obwohl es in Klagenfurt außer Hannah nichts für mich gab, nicht mal eine vernünftige Arbeit. Deswegen musste ich glücklich sein, dass ich überhaupt bei dieser Boulevardzeitung untergekommen war. Und insofern freute mich das gerade erteilte Kompliment der Chefredakteurin. Mein neuer Job bei der *Goldenen Revue* war mir wohl sicher. Hoffentlich würde sie meinen befristeten Vertrag in eine Festanstellung umwandeln und ich irgendwann in die Sportredaktion wechseln dürfen. Da ich keine anderen Angebote hatte, konnte ich mir Skrupel nicht leisten. Dank Social Media und Internet waren es keine guten Zeiten für klassische Zeitungsreporter wie mich.

»Ich habe einen neuen Auftrag für dich«. Die Art, wie sich ihre Lippen bei diesen Worten kräuselten, deutete darauf hin, dass es sich um eine außergewöhnliche Story handeln musste.

Ich holte mein iPhone aus der Gesäßtasche meiner Jeans, zog den integrierten Eingabestift aus der schwarzen Schutzhülle des Geräts und öffnete mit wenigen Klicks die Notizblock-App. Um eine bequemere Sitzposition zu haben, schlug ich mein rechtes Bein über mein linkes. »Bin ganz Ohr.«

»Du hast doch schon von dieser bekannten Burg Ehrenfelsen gehört, oder? Am kommenden ersten Adventsonntag findet dort ein Weihnachtsmarkt statt und ich möchte gerne, dass du hinfährst und eine pikante Story darüber bringst. «

Ich blies die Luft aus meinen Wangen. Wenn ich etwas nicht leiden konnte, oder besser gesagt *nicht mehr* leiden konnte, dann das ganze Weihnachtsgedöns, das seit Mitte November nervte. Dieses Fest war nur etwas für kleine Kinder, Romantiker und Familien, fand ich. Vielleicht auch noch für Geschäftemacher. Ich war keiner dieser Gruppen mehr zuzurechnen.

Meiner Chefin war meine Geste eventuell entgangen.

»Du weißt, unsere Leserschaft will die Geschichte hinter der Story. Sie ist nicht an goldenen Kugeln und Engels-Trallala interessiert, sondern an Emotionen. Halte dich an Estelle Ehrenfelsen, die Tochter des Hauses. Die liefert vielleicht irgendeine verrückte Aktion ab, über die man was bringen kann. Und wenn nicht, dann hör dich bei den Leuten um und nutze den Interpretationsspielraum«. Sie trommelte mit ihrem Stift noch einmal auf meinen Artikel, was im Klartext bedeutete: Und wenn es nichts gibt, dann erfindest du wieder was.

Ich notierte mir den Namen der Dame. Da ich erst vor wenigen Monaten aus Hamburg nach Kärnten zugezogen war, kannte ich den Großteil der sogenannten Lokalprominenz noch nicht. Allerdings mochte ich diese abgehalfterten ehemaligen Adeligen, die sich immer noch als die bessere Gesellschaft fühlten, noch viel weniger als Weihnachten. Sie waren hochnäsig und arrogant, nur weil einer ihrer Urstrumpf-Verwandten einmal ein Schloss bewohnt hatte. Wie meine Ex-Frau Sabine, die sich auch immer als etwas Besseres fühlte. Aber was sollte ich machen? Job war Job, oder? Da fiel mir etwas ein.

»O je, sagtest du kommenden Sonntag? Da kann ich leider nicht, da hab ich meine Kleine bei mir«, sagte ich bedauernd, senkte meine Schultern und wollte meinen neuen Notizeintrag gleich wieder schließen, ohne ihn zu speichern. Zeit mit meiner Tochter zu verbringen, wenn meine Ex sie mir gewährte, war mir heilig.

»Ist doch perfekt, da kannst du sie gleich mitnehmen, dann bist du auch viel unauffälliger bei deinen Recherchen«, insistierte meine Chefin mit einer Stimme, die mich innehalten ließ. Einen Moment lang meinte ich, Eiskristalle in meinem Nacken zu fühlen.

»Wäre das nicht eine ideale Geschichte für Ingrid?«, versuchte ich meine Kollegin und Expertin für Aristokraten-Aufreger vorzuschieben. Sie kannte gefühlt jeden Skandal in diesem Umfeld oder hatte ihn sogar selbst erfunden, wie Peter Moser, einer meiner Kollegen, mir unlängst bei einem Feierabendbier erzählt hatte.

Sophie Weiss-Winkelbauer lehnte sich in ihrem wuchtigen Bürosessel zurück. »Das geht nicht. *Du* musst es machen, Lars. Als Neuer bist du der einzige von uns, den sie dort oben noch nicht als Reporter der *Goldenen Revue* kennen. In der Vergangenheit hat es nämlich gewisse Missverständnisse zwischen dieser Familie Ehrenfelsen und unserem Blatt gegeben, die zu einem Hausverbot für uns geführt haben.«

Aha, jetzt wurde es aber interessant! Ich hob meine Augenbrauen und meine Vorgesetzte räusperte sich. »Vor einem Jahr haben wir einen Artikel über Estelle Ehrenfelsens Lebensgefährten und ihre beste Freundin gebracht. Ich hatte einen Insider-Tipp bekommen, dass die beiden ein falsches Spiel trieben und hinter Estelles Rücken eine Affäre miteinander am Laufen hatten … was wir durch ein, wenn auch ein wenig unscharfes Foto, belegen konnten. Wir veröffentlichen bewusst keine Falschmeldungen, wie du weißt. Das Ganze war allerdings ein Irrtum, wie mir meine Informantin zwei Tage später mitteilte. Wir hatten Fake News fabriziert, aber da hatte diese Gräfin Ehrenfelsen das Porzellan schon zerschlagen. Wie mir meine Quelle mitteilte, hatte sie ihrer besseren Hälfte sofort den Laufpass gegeben und sich mit ihrer besten Freundin überworfen. Total verrückt, oder?«

Na ja, war das wirklich so abwegig? Als Journalist wusste ich um die Manipulationsfähigkeit von Bildern … ja, ich konnte mir das durchaus ausmalen, dass man da sofort Konsequenzen zog. Zum Glück war ich von Liebesbeziehungen geheilt, die meiner bisherigen Erfahrung nach sowieso immer zum Scheitern verurteilt waren. Allein war das Leben doch viel einfacher!

Meine Chefredakteurin erhob sich aus ihrem Stuhl und ging zum Fenster. Sie sah vom zweiten Stock, in dem wir uns befanden, auf die Straße hinunter. »Zwei Wochen nach Veröffentlichung der Zeitungsente haben Unbekannte in der Nacht eine Fuhre Kuh-Scheiße über meinen Audi gekippt und ich weiß ganz genau, dass diese Irre dahintersteckt, die natürlich alles abgestritten hat. Die Polizei war absolut unfähig und konnte ihr nichts nachweisen«.

Ich lachte auf, versuchte aber sofort ein betroffenes Gesicht zu machen, als sich meine Auftraggeberin vom Fenster wegdrehte und mich ansah.

»Seitdem parke ich nicht mehr auf der Straße, sondern in der Tiefgarage. Solltest du dir auch überlegen.« Zwei Sekunden lang schaute sie mich mit ihrem Lupenblick fest an. Dann sagte sie: »Lars, ich will, dass du eine besondere Story über diese Estelle schreibst.«

Hm. Es wäre höchst unklug, diesen Auftrag abzulehnen, der ja nur von mir ausgeführt werden konnte. Sophie Weiss-Winkelbauer wäre bestimmt verärgert und meine angestrebte Festanstellung könnte ich wahrscheinlich knicken. Vielleicht wäre es doch ganz witzig, so eine überdrehte Adelige aufs Korn zu nehmen. Und Hannah würde so ein Ausflug auf einen Weihnachtsmarkt sicher Spaß machen. Warum also nicht?

»Na gut, ich mach's!«, sagte ich deshalb und erwiderte das Lächeln meiner Chefin.

Kapitel 3
Weihnachten wie damals, 16. November
Estelle

Wie mit Matthias und Mutter vereinbart, traf ich am frühen Nachmittag im Büro ein, das sich neben dem Ehrenfelsener See am Rande des Waldes befand. Wir wollten die finalen Details zum Weihnachtsmarkt und den anderen winterlichen Festivitäten besprechen, die wir jedes Jahr auf der Burg veranstalteten. Vor wenigen Minuten hatte ich den Shop an unsere Mitarbeiterin Erika übergeben, denn ein Chaos wie gestern, an dem der Laden ohne Vertretung fast eine Dreiviertelstunde zugesperrt gewesen war, wollte ich heute vermeiden. Als ich gestern von Papa zurückgekommen war, waren die Teilnehmer einer Busreise wie ein aufgebrachtes Bienenvolk, dem man die Einflugschneise zu seinem Stock versperrt hatte, auf dem Burghof herumgeirrt. Sie wieder zu besänftigen, hatte mich meinen ganzen Charme und eine Runde Schnaps gekostet.

»Klopf, klopf«, rief ich fröhlich, während ich in das Büro meines Bruders eintrat. Meine Mutter Charlotte war auch schon da und saß Matthias an seinem massiven Schreibtisch gegenüber. Er winkte mir zum Gruß kurz zu und vertiefte sich gleich wieder in seinen Bildschirm, auf dem wahrscheinlich eine spannende Tabellenkalkulation zu sehen war. Ich war heilfroh, dass er, seine Frau Annette und meine Mutter sich hauptsächlich um die kaufmännische Führung unserer Betriebe kümmerten. Für Rechnungswesen konnte ich mich einfach nicht begeistern. Viel mehr Spaß machte mir die Arbeit in dem kleinen Souvenirladen und auch mit Kindern konnte ich gut umgehen. So veranstaltete ich in den Ferien und an den Wochenenden regelmäßig Burgführungen, die speziell für unsere kleinen Besucher ausgelegt waren. Diese erfreuten sich großer Beliebtheit.

»Hallo, Schatz«, begrüßte Mama mich warmherzig. So würde Kate Middleton bestimmt auch einmal lächeln, wenn sie fünfundsechzig Jahre alt war. Äußerlich erinnerte Mutter mich mit ihrem perfekt sitzenden Pagenkopf immer ein wenig an Anna Wintour. Und auch ihr Outfit war wieder einmal *Vogue*-würdig: Sie trug ein schmales dunkelgraues Kaschmirkleid mit eleganten kniehohen Stiefeln. Sonst hatte sie mit der mächtigen Stilikone aber nicht viel gemeinsam, denn sie war immer liebenswürdig und hatte ein Herz aus Gold. Kein Wunder, dass mein Vater sie unbändig liebte. Seit vierzig Jahren waren die beiden nun verheiratet. An der Art, wie sie sich stets mit diesem Leuchten in den Augen ansahen, wie sie miteinander lachten und sich gegenseitig verwöhnten, fühlte ich, dass sie ihr Glück miteinander gefunden hatten. Trotz des Altersunterschiedes schienen die Zuneigung und das Vertrauen zwischen meinen Eltern grenzenlos zu sein. Und auch mein Bruder Matthias und Annette hatten ineinander ihre große Liebe gefunden. Ob ich dieses Glück auch einmal erleben durfte?

Ich nahm auf einem Stuhl neben meiner Mutter Platz.

»Hast du deinen Laptop gar nicht dabei? Wir wollten doch die Checklisten durchgehen?«, fragte Matthias.

Ups, vergessen! »Hab ich alles da«, behauptete ich geistesgegenwärtig und tippte mir mit dem Zeigefinger gegen die Schläfe. Hätte ich mir heute wieder die hohe Turmfrisur gebastelt, dann würde das jetzt bestimmt witzig aussehen. Langwieriges Haarstyling war sich heute Morgen aber aus zeitlichen Gründen nicht ausgegangen.

Matthias ging immer auf Nummer sicher und plante alles stets doppelt und dreifach. Meiner Meinung nach war das ein wenig übertrieben, denn da wir unsere winterlichen Events schon seit vielen Jahren veranstalteten und ein eingespieltes Team waren, liefen die Vorbereitungen wie von selbst. Er reichte mir trotzdem Stift und Papier für

Notizen, die ich mir eventuell würde machen müssen. Dann besprachen wir die offenen Punkte: da waren noch Kleinigkeiten für den Weihnachtsmarkt am ersten Advent und für den Krampuslauf am Nikolaustag vorzubereiten. Als die Sprache auf die Messe am Heiligen Abend kam, zu der wir jedes Jahr Freunde der Familie sowie Einwohner von Ehrenfelsen auf die Burg einluden, machte Matthias ein nachdenkliches Gesicht.

»Wir sollten überlegen, ob wir damit nicht aufhören. Das Interesse daran wird jedes Jahr geringer, was meint ihr? Die Messe kann ja auch wieder unten in der Kirche in Ehrenfelsen stattfinden«, sagte Matthias.

Ich schaute meinen Bruder perplex an. »Aber Papa hängt doch so an dieser Tradition! Und er erzählt jedes Jahr, wie Weihnachten damals war«, protestierte ich. »Apropos, da muss ich euch erzählen, was gestern passiert ist!«

Aufgeregt schilderte ich, wie ich Vater am Vortag vom *Postwirt* abgeholt hatte und dass er weder gewusst hatte, wie er hingekommen war noch wie es zurück nach Hause ging.

Darauf beugte sich Mama zu mir herüber und strich mir über die Schulter. Ihr angenehm nach Wasserlilien duftendes Parfüm umspielte sie wie eine duftende Aura voller Zuversicht und Souveränität. »Estelle, dein Vater hatte in letzter Zeit ab und zu mal solche … Aussetzer. Leider ist es so, dass viele Menschen in seinem Alter beginnen, vergesslich zu werden. Aber du musst dir keine übertriebenen Sorgen machen. Laut dem Arzt und auch meinen Beobachtungen zufolge ist es wirklich halb so schlimm. Körperlich ist er top fit, das ist gut. Wir müssen künftig einfach mehr auf ihn achtgeben. Wenn nötig, werden wir eine Hilfe einstellen, die tagsüber bei ihm ist, wenn wir arbeiten.«

Ich starrte meine Mutter mit offenem Mund an. Sogar beim Doktor waren sie schon gewesen und ich hörte heute zum ersten Mal davon? Und wie konnte sie über Vaters Zustand bloß so gefasst sprechen? Andererseits entsprach es nun mal ihrer besonnenen Art, niemals auszuflippen. »Aber was hat der Arzt denn jetzt genau gesagt? Gibt es Medikamente? Was können wir tun?« Die Fragen sprudelten nur so aus mir heraus und ich erhob mich. Ich schlang meine Arme um meinen Oberkörper und begann auf- und abzugehen. Meine Kehle fühlte sich eng an.

»Estelle, schau nicht so verzweifelt! So ist nun einmal das Leben, euer Papa wird alt, so wie wir alle einmal gebrechlich werden. Man kann die Zeit nicht aufhalten. Aber wir können ihn dabei unterstützen, körperlich und geistig fit zu bleiben. Er soll auch künftig seine Spaziergänge machen, seine Freunde treffen und sonst an allem teilhaben, was ihm Spaß macht. Zum Beispiel vertraute Traditionen leben, Feste feiern und die Lieder singen, die er so liebt. Er soll Freude am Leben haben, solange es geht.«

Mama nahm mich in den Arm, das tat so gut! Schließlich hob ich meinen Kopf. Mir war eine Idee gekommen. »Dann müssen wir Papa seinen Wunsch erfüllen und Weihnachten genauso gestalten, wie es damals für ihn war. Wir wollen ihm das schenken, wovon er uns jedes Jahr vorschwärmt! Nämlich nicht nur die Messe auf der Burg an Heiligabend, sondern auch ein Krippenspiel mit tollen Requisiten wie dem originalgetreuen Stall von Bethlehem. Das sei so zauberhaft gewesen, sagt er immer! Und außerdem müssen wir den fabelhaften Eierpunsch zubereiten und den Ehrenfelsener Chor organisieren, der berührende Weihnachtslieder singt. Vater erzählt doch immer, dass er die Magie des Weihnachtsfestes genau in dem Moment spüren konnte. Lasst ihm uns ein Weihnachten wie damals bereiten. Darüber wird er sich bestimmt riesig freuen!«

Mein Bruder schien nicht überzeugt, sondern wirkte eher, als hätte er schlimme Zahnschmerzen. Bestimmt würde er gleich wieder mit seinem *»Bitte übertreib es nicht wieder, Estelle!«* kommen. Doch die Idee hatte bereits Besitz von mir ergriffen und ich war Feuer und Flamme.

Da breitete sich ein Lächeln auf dem Gesicht meiner Mutter aus. »Ja, das ist ein super Vorschlag.«

»Ich muss nur Klaus und seinen Chor dazu überreden mitzumachen, aber der findet den Plan sicher auch toll. Und das Krippenspiel organisiere ich selbst! Die Kinder, die immer im Streichelzoo helfen, würden bestimmt mitmachen. Mama, du hast doch noch irgendwo das Rezept von dem berüchtigten Eierpunsch? Und Matthias, würdest du den Bau des Stalls übernehmen?«, fragte ich hoffnungsvoll.

Mein Bruder wusste, dass er gegen Mutter und mich keine Chance hatte. Er ließ die Schultern fallen und seufzte gespielt resigniert. »Okay, dann bin ich natürlich auch dabei. Lasst uns ein *Weihnachten wie damals* für Vater organisieren. Ich baue euch den Stall.«

Ich drückte Matthias einen Kuss auf die Wange. »Super, dann schreiben wir doch gleich mal auf, was wir alles dafür benötigen«, rief ich und setzte mich mit Papier und

Stift zu Matthias an den Schreibtisch. Diese Utensilien stellten sich nun doch als hilfreich heraus.

Nachdem wir die Liste fertiggestellt hatten, fuhr ich vom Büro wieder zurück zum Souvenirladen. Als ich den Ehrenfelsener See passierte, musste ich an meine Kindheit denken. Hier hatte Papa Matthias und mir das Schwimmen und Angeln beigebracht. Unzählige Male waren wir mit unserem kleinen Boot draußen gewesen und obwohl Vater auf der Burg, im Forst und in der Landwirtschaft immer viel zu tun gehabt hatte, war stets noch Zeit für einen Spaziergang durch den Wald gewesen. Dort hatte er uns die essbaren Pilze und Beeren gezeigt und uns die Namen der Wildblumen, Tiere und Bäume erklärt. Dass mein Papa viel älter als die Väter meiner Freundinnen war, war mir erst später, in meinen Teenagerjahren, aufgefallen. Er war bereits einundvierzig Jahre alt gewesen, als mein Bruder Matthias und fünfzig, als ich geboren wurde! In meiner Erinnerung steckte er immer voller Energie, übersprudelnder Lebensfreude und jeder Tag mit ihm war ein einziges lustiges Abenteuer. Ich erreichte die Abzweigung, die linker Hand wieder zur Burg hinauf führte. Ja! Wir würden unserem Vater den Winter ganz besonders schön machen. Diesen und noch ganz viele weitere, die hoffentlich noch folgen würden.

Kapitel 4
Weihnachtsbäckerei, 27. November

Lars

Am darauffolgenden Sonntag, der gleichzeitig der erste Advent war, traf ich am späten Vormittag mit Hannah an unserem Ziel östlich von Klagenfurt, ein. Auf dem Weg hierher hatten wir die Burg Ehrenfelsen schon von weitem gesehen, die wie eine Diva auf einer Anhöhe thronte. Sie war umgeben von dem weiß glitzernden Bergpanorama der Karawanken, das im Hintergrund der imposanten Wehranlage zur bloßen Kulisse verblasste. Gerade hatte ich meinen dunkelblauen Skoda-Kombi auf dem Besucherparkplatz unterhalb der Festung abgestellt und wir schauten auf die Landschaft hinunter. Ein kalter, belebender Windhauch umspielte uns, der sich als prickelnder Film auf unsere Gesichter legte. Ich sog die frische Luft tief in meine Lungen ein. Ob das etwa der Geruch von Schnee war? Im Wetterbericht war davon allerdings noch keine Rede gewesen. Hannah zog meinen Arm um ihre schmalen Schultern und ich drückte sie fest an mich. Jetzt, als wir wie Könige von oben auf die grünen Wälder, brach liegenden Felder und sogar einen majestätischen See hinunterschauten, fühlte ich mich mit meinen Problemen plötzlich klein und unbedeutend.

»Ist das toll!«, rief meine Tochter, der dieses Panorama offensichtlich ebenso gut gefiel. Vielleicht sollte ich Klagenfurt öfter mal verlassen und mit Hannah das Umland erkunden? Die atemberaubende Natur war der vermutlich einzige Punkt, der im direkten Vergleich zu Hamburg an Kärnten ging, wie ich zugeben musste.

Hannah schmiegte sich dicht an mich, als wir einer Gruppe lachender Kinder den kurzen Weg zur Burg hinauf folgten. Einige der Kleinen schienen etwa im Alter meiner Tochter zu sein, die im nächsten Jahr eingeschult werden würde. Sie drückte Miss Lotti, ihre rothaarige Lieblingspuppe, die immer mit dabei war, fest an sich.

Nach ein paar Minuten erreichten wir die ersten mit Tannenzweigen und dunkelroten Bändern geschmückten Stände des Weihnachtsmarktes auf einem Vorhof der Wehranlage. Ein Dorferneuerungsverein schenkte heißen Tee aus und der Klub der Ehrenfelsener Dauercamper gab gegen eine freie Spende selbstgehäkelte Mützen, Schals, Socken und Kuscheltiere ab. Ich machte Hannah mit einem grinsenden braunen Pony-Schmusetier glücklich, das eventuell auch ein übergroßer Hund sein konnte. Sie presste das kuschelige Ding gemeinsam mit Miss Lotti an ihre rosa Plüschjacke und wir schlenderten weiter zwischen gut gelaunten Besuchern dahin, die hauptsächlich aus Familien bestanden. Die Menschenmenge machte Platz, als eine siebenköpfige Garde in Strümpfen, schwarzgelben Uniformröcken und Federhüten an uns vorbei patrouillierte. Ihre Stiefel knallten auf das Kopfsteinpflaster und ihre Degen klapperten im Gleichschritt. Ich grinste. Ob sie nach Personen Ausschau hielten, die mit Hausverbot belegt waren? Glücklicherweise konnte ich mich in Sicherheit wiegen, ich war ja ein unbeschriebenes Blatt hier. Süßer Duft von gebrannten Mandeln, Rauch aus wärmenden Feuerschalen und ländliche Musik eines Bläsertrios lagen in der Luft. Zu blöd, dass ich nicht einfach die Stimmung, die mir unerwarteterweise doch gut gefiel, mit meiner Tochter genießen konnte. Bestimmt, weil es hier viel weniger kommerziell und stressig zuging als auf den üblichen Weihnachtsmärkten. Und eigentlich gar nicht kitschig. Leider musste ich nach dieser Burgfrau Ausschau halten. Aber kein Problem, ich brauchte mich nicht anzustrengen und extra nach ihr suchen, denn laut Sophie Weiss-Winkelbauer würde sie mir wie ein bunter

Hund direkt ins Auge stechen. Estelle Ehrenfelsen wäre so eine Art Punk-Gräfin mit schrill gefärbten Haaren. Ich stellte mir einen bunten Kanarienvogel vor, der auf einer Stange saß und sich aufplusterte. Wenn ich ihr begegnete, würde ich unauffällig ein paar Fotos schießen, sie ein wenig beobachten und mir hinterher etwas überlegen. Außerdem nahm ich mir vor, beiläufig Besucher oder Angestellte über sie und die Familie auszufragen. Die Leute liebten es normalerweise, ein wenig tratschen zu dürfen. Ich wollte bloß nicht zu viel der kostbaren gemeinsamen Zeit wegen dieser freakigen Gräfin vertrödeln.

Da ertönte ein Chor aus hellen Stimmen hinter uns. Ich war alles andere als ein Experte auf diesem Gebiet und hatte sogar eine richtige Abneigung gegen nerviges Geträller, aber dieser Gesang hörte sich absolut harmonisch in meinen Ohren an. So wie eine in der Luft liegende Schwingung aus Friede, Freude und Eierkuchen. Ein knappes Dutzend Kinder näherte sich vom Hauptportal der Burg, das sich über uns befand, und sang das bekannte Lied *In der Weihnachtsbäckerei*. Schließlich blieb die Gruppe direkt vor uns stehen und sofort bildete sich ein Kreis aus Besuchern um sie. Hannah und ich standen glücklicherweise sogar in der ersten Reihe. Ich schob meine Tochter vor mich und legte meinen Arm um sie und gleichzeitig auch um Miss Lotti und das braune Hunde-Pony. Dirigiert wurde die Gruppe von einer jungen Frau in einem weißgoldenen Kostüm, deren blondes Haar in sanften Wellen auf ihre Schultern fiel. Ausladende Flügel am Rücken deuteten an, dass sie einen Engel darstellte.

Als Journalist, der es gewohnt war, haarscharf zu beobachten, erkannte ich sofort, was an diesem Bild nicht stimmte: Es war der Ausdruck in ihren Augen. Ein typisches Christkind hatte einen sanften, verträumten Blick, bei dem man zufrieden seufzend nach einem Becher Punsch hinter einem Ofen schlafen will. Aber diese Frau ... ließ mich an eine blonde Kleopatra denken oder die unbesiegbare Heldin aus dem Computerspiel, deren Geschichte sogar verfilmt worden war. Wie war noch ihr Name gewesen? Lara Croft! Aufrecht und stolz schaute sie in die Runde und suchte dabei den direkten Augenkontakt zu den Zuschauern. Dabei kräuselten sich ihre vollen Lippen und ihre mandelförmigen braunen Augen leuchteten wie von innen angeknipst. Wow. Das lange weiße Engelskleid mit den goldenen Trompetenärmeln umspielte ihre gut proportionierte Figur. Mein Puls beschleunigte sich, als sich unsere Blicke einen Wimpernschlag lang ineinander verhakten und sie mir sogar zuzwinkerte, ehe sie sich wieder abwandte. Ich öffnete den Verschluss meiner nachtblauen Steppjacke ein Stück, um mich mit ein wenig frischer Luft abzukühlen. Schließlich war das Lied zu Ende und die Menge applaudierte.

»Alle Kinder können jetzt mit mir in die Weihnachtsbäckerei kommen! Wir backen leckere Kekse«, rief die junge Frau im Christkind-Kostüm mit einer wohligen, festen Stimme, worauf sich einige Mädchen aus dem Kreis der Umstehenden lösten und zur Truppe stießen, die langsam weiterging. Da drehte sich der blonde Engel zu mir um und streckte mir mit einem breiten Lächeln die Hand entgegen. Mir stockte der Atem.

»Kimmst du mit?«, rief sie mir mit bezauberndem Kärntner Akzent zu, der mir sonst eher nicht gefiel.

»Papa, darf ich?«, riss Hannah mich aus meiner Fantasie, denn das Christkind hatte natürlich meine vor mir stehende Tochter gemeint und nicht mich. Ich Idiot.

»Klar, geh nur, mein Hase, ich folge dir«, antwortete ich rasch und freute mich trotz meines kleinen Missverständnisses augenblicklich, denn Hannah war sonst extrem schüchtern und verschlossen. Besonders, seitdem sie mit ihrer Mutter, meiner Ex-Frau, nach Österreich umgezogen war. Dass meine Kleine jetzt allein auf diese fremde Frau zuging, grenzte an ein Wunder. Das Lächeln, das die junge Frau Hannah dabei schenkte, war voller Wärme und Herzlichkeit. Das kecke Selbstbewusstsein, das sie zuvor versprüht hatte, war in den Hintergrund getreten und einer Fürsorglichkeit gewichen, die meine Tochter offensichtlich genauso wahrnahm wie ich und die ihr die Scheu genommen hatte. Als ob sie Hannahs Einsamkeit gefühlt hätte, schoss es mir durch den Kopf. Wahrscheinlich interpretierte ich aber viel zu viel in die nette Geste hinein. Bestimmt war die junge Dame eine professionelle Schauspielerin oder Entertainerin, spezialisiert auf Kinderunterhaltung. Wie auch immer. An der Hand der blonden Engel-Darstellerin hatte sich meine Tochter gleichermaßen stolz aufgerichtet und führte an deren Hand den Trupp der Kinder in Richtung Burg an. Wer hätte das vor einer Stunde gedacht? Ich zückte mein Handy und machte Fotos von der Szene.

In einigem Abstand war ich der Gruppe durch das Hauptportal in den Innenhof der Burg gefolgt. Meine Story über die ausgeflippte Estelle Ehrenfelsen würde noch ein wenig warten müssen. Rasch knipste ich im Vorbeigehen noch ein paar Bilder von der beindruckenden Burg und den mit Reisig, bunten Kugeln und Kerzen geschmückten Marktständen. In dem Atrium waren weitere Holzhütten aufgebaut, von denen der Geruch von Glühwein und Bratkartoffeln herüberwehte. Außerdem gab es auf der rechten Seite einen Souvenirladen und linker Hand das Burgrestaurant, wie ein Schild verriet. Neben der Gastwirtschaft verschwand der Engel mit den Kindern hinter einer schweren Holztür, über der ein Schild mit der Aufschrift *Weihnachtsbäckerei* angebracht war. Ich schlüpfte als Letzter noch schnell mit hindurch.

In dem Raum, der wie eine mittelalterliche Küche mit grob verputzten, weißen Wänden anmutete, war es angenehm warm und in einem offenen Kamin knisterte ein behagliches Feuer. In der Mitte des Gewölbes waren Tische und Sessel in Kindergröße U-förmig angeordnet. Die anderen Mamas und Papas waren anscheinend lieber beim Punsch-Ausschank geblieben und ich war als einziger Elternteil hier. Ich fühlte mich wie ein Fremdkörper, ungefähr so wie die kleine Perle von Hannahs Haarspange, die einmal in ihrem Gehörgang gelandet und vom Arzt mit einer langen Zange entfernt werden musste. Lieber würde ich ganz einfach draußen warten. Aber nein, Hannah winkte mir zu und deutete mir, zu bleiben. Seit sie in Österreich lebte, fühlte sie sich nur wohl, wenn ihre Mutter oder ich in Sichtweite waren. Deswegen hatte es mit ihrer Kita-Eingewöhnung bislang auch nicht funktioniert und sie hatte noch keine neuen Freundinnen und Spielkameraden in der neuen Heimat gefunden. Hannah verbrachte die meiste Zeit bei ihrer Mutter zu Hause, die allerdings selbst gern öfter im Luxushotel von Rolf, ihrer neuen

Flamme, mitarbeiten würde. Die Anhänglichkeit unserer Tochter stand dem jedoch im Wege.

Die Kids hatten ihre Winterjacken auf einen leeren Tisch geworfen und bereitgelegte Kinder-Kochschürzen umgebunden. Auf den rosa, wie selbstgemacht aussehenden Kleidungsstücken waren knallige Herzen, Blümchen, Tiere und Kochutensilien aufgenäht. Jetzt suchten sich die Kinder Sitzplätze aus. Wie selbstverständlich war Hannah auf einem Stuhl mitten zwischen all den anderen Sprösslingen gelandet. Miss Lotti und das neue Hunde-Pony saßen vor ihr auf dem Tisch.

Die blonde Dame verteilte indes Bleche, auf denen sich ausgerollter Teig befand. Nebenbei gab sie Anweisungen, wie die Masse jeweils ausgestochen werden sollte. Lebkuchen, Butterplätzchen, Linzer Augen, Vanillekipferl, Marzipanplätzchen und Zimtsterne. Sie musste eine diplomierte Freizeit- und Erlebnispädagogin sein, oder wie sich diese professionellen Kinder-Spaßmacherinnen nannten. Sicher konnte sie auch Hip-Hop tanzen, Origami falten und bouldern. Und auch sonst alles, was Kids heutzutage noch gern machten. Ob man die Frau eventuell für eine private Veranstaltung buchen konnte? Sie machte ihre Sache brillant. Mit ihrer freundlichen, lustigen, aber auch entschiedenen Art dirigierte sie das Dutzend Kinder spielerisch herum, das sich eifrig für sie ins Zeug legte. Dabei bezog sie alle mit ein und achtete darauf, dass jedes einzelne Kind einen Platz und Beschäftigung hatte. Es machte Spaß, der Gruppe zuzuschauen.

»Wenn der Teig zu sehr an den Fingern klebt, nehmt ihr ein bisschen Mehl, seht ihr? So...« Der Engel machte es vor.

Die Mädchen und Buben schnatterten fröhlich durcheinander. Glücklich beobachtete ich, wie Hannah mit einem Mädchen lachte, das ähnlich rotbraune Zöpfe hatte wie sie selbst. Gemeinsam begannen sie, mit Sternenformen und Herzausstechern Teig zu bearbeiten. Bei dem Anblick wurde mein Herz ganz leicht, denn sie wirkte so fröhlich wie lange nicht.

»Mag dein Papa vielleicht auch zu uns kommen und mitmachen?«, fragte die Engelsfrau Hannah, woraufhin sie und ihre neue Freundin jubelten.

»Er ist aber nicht sehr geschickt«, warnte meine Tochter fröhlich.

»So so, ich bin nicht geschickt?«, fragte ich gespielt entrüstet. »Vielleicht sollte ich Miss Lotti mal eine neue Frisur schneiden und dann sehen wir ja, wie geschickt ich bin!«

»Nein, nicht meiner Lieblingspuppe!«, quiekte Hannah und lachte laut.

Das Christkind grinste. »Komm, setz dich zu mir.« Es deutete auf den freien Stuhl links neben sich. Im Kärntner Land waren genauso wie in Hamburg alle locker drauf und wie selbstverständlich per Du, was ich sehr sympathisch fand.

Also legte ich meine Jacke auch auf den Garderobentisch und band mir eine der rosa gemusterten Kinderschürzen um, die an meiner hochgewachsenen Gestalt vermutlich einem XXL-Babylätzchen ähnelte. Die Kids kicherten prompt. Dann nahm ich wie ein Riese unter Zwergen auf dem freien Stuhl Platz, wobei meine Knie bis zur Tischplatte reichten.

Der Animateurin ging es ähnlich, obwohl sie ein ganzes Stück kleiner war als ich. Auch sie musste sich zum Tisch hinunterbeugen, wobei ich registrierte, dass ihr Kleid an ihren Rundungen am Oberkörper ganz leicht spannte. Die junge Dame, die ungefähr in meinem Alter sein mochte, hatte sich ebenfalls eine der rosa Kinderschürzen umgebunden, die ihre schmale Taille betonte. Wie unpassend, dass mir gerade das auffiel, schalt ich mich. Immerhin befanden wir uns in einer Weihnachtsbäckerei.

»Und was machen wir beide?« fragte sie mich mit einer Stimme, die mir tatsächlich einen wohligen Schauer bescherte. Ein bisschen wie beim Geschmack der Marshmallows, die meine Tochter und ich letztens in heißer Schokolade hatten schmelzen lassen. Himmel, was war nur mit mir los? Meine Reaktion auf diese Frau war ungewöhnlich. Hoffentlich war das Backen bald vorbei. Aber gleichzeitig wollte ich, dass es noch lange andauerte. Total bescheuert! Als ich keine Antwort gab, schlug sie vor: »Vanillekipferl? Der Teig ist schon vorbereitet, den müssen wir nur noch in Scheiben schneiden und Kipferl daraus formen.«

»Unbedingt, wo ich jetzt doch schon das passende Outfit anhabe!« Dabei zupfte ich an meiner Mini-Schürze mit dem zartrosa Blümchenmuster und zwinkerte ihr zu.

»Die Farbe steht dir aber auch prima«, sagte sie, wobei ihre Mundwinkel ganz leicht nach oben zuckten. Aha, sie machte sich über mich lustig. Nun stand sie auf und stellte ein mit Backpapier bedecktes Brett zwischen uns, auf dem sich eine schmale Rolle mit der Gebäckmasse befand. Als nächstes holte sie von einem der anderen Tische ein stumpfes Buttermesser, mit dem sie zentimeterdicke Scheiben von der Teigwurst abschnitt. Dann nahm sie mit ihren langen schlanken Fingern das erste kleine Stück, zwirbelte es bleistiftdick aus, wobei das Röllchen an den

Enden dünner war als in der Mitte, und formte es dann geschickt zu einem Hörnchen. Ich beobachtete sie mit geweiteten Augen. Da lachte die Blondine glockenhell auf und in ihrem wohlgeformten breiten Mund blitzten weiße, ebenmäßige Zähne auf. »Du backst nicht oft, oder? Gerade machst du ein Gesicht, als hätte ich dich gebeten, mit mir eine Bombe zu entschärfen«.

»Dann würde ich stark hoffen, dass es sich dabei um eine Eisbombe handelt«.

Sie kicherte fröhlich und nickte. Es musste ungefähr zwanzig Jahre her sein, dass ich das letzte Mal Plätzchen gebacken hatte. Hm. Waren es Zimtsterne gewesen? Mein Gehirn beförderte Vergangenes aus meinem Unterbewusstsein hervor: Meine Mutter und ich in unserer kleinen Küche, die sich in der Wohnung im zweiten Stock eines Hamburger Plattenbaus befunden hatte. Die erste flackernde Kerze am Adventskranz und der Geruch von Zimt, Bratapfel und Zuckerguss, der die kleine Küche erfüllte. Ich fragte mich, ob meine Tochter Hannah in diesem Moment vielleicht auch gerade eine schöne Lebenserinnerung sammelte. Wenn ich sie so beobachtete, so quietschvergnügt und gut gelaunt, dann konnte ich es mir gut vorstellen. Nichts wünschte ich mir mehr, als dass sie nicht mehr unter der Trennung ihrer Mutter und mir leiden würde und endlich wieder das fröhliche Kind wäre, das sie in Deutschland gewesen war. Eine Zeit lang werkelten wir zu zweit an unseren Vanillekipferln dahin, ohne dass jemand etwas sagte. Es war eine angenehme Art von Schweigen, die sich einstellte, wenn Menschen gemeinsam an etwas arbeiteten und Freude daran hatten.

»Übrigens, ich bin Lars …«, setzte ich nach einiger Zeit an. Ich wollte mich vorstellen und im Gegenzug den Namen der jungen Frau erfahren, denn im März stand Hannahs Geburtstag an und vielleicht könnte ich mit der Unterstützung der Dame eine tolle Feier für sie veranstalten. Doch wir wurden unterbrochen, denn in dem Moment flog die Tür auf und eine weitere blonde junge Frau trat mit einem ungefähr einjährigen Jungen an der Hand ein. Sie grüßte freundlich in die Runde, wobei ich mir einbildete, den Hauch eines bayrischen Akzents durchzuhören. Der Kleine, der in einem grün-roten Mini-Weihnachtswichtel-Kostüm steckte, zog an ihrer Hand. Er sah in seiner Verkleidung absolut knuffig aus.

»Maximilian!«, rief die Pädagogin neben mir, legte ihr halbfertiges Gebäck aus der Hand und öffnete ihre Arme weit. Der Kleine plapperte so etwas wie *Eiei-Tata* und stolperte sofort auf sie zu. Als er bei ihr angekommen war, hob sie ihn auf ihren Schoß und drückte ihn an sich. Er versenkte seine beiden kleinen Händchen in ihrem Haar. Dann riss er es ihr mit einem kräftigen Ruck, den ich diesem kleinen Kerlchen niemals zugetraut hätte, vom Kopf. Das perlende Lachen der jungen Frau erfüllte den Raum, als ihr Schopf danach auf dem Boden landete. Der kleine Maximilian gluckste begeistert, genauso wie die anderen anwesenden Kinder.

Natürlich, es war eine Perücke! Wie dumm war ich gewesen, diese blonde Mähne für echt zu halten! Und sehr ungewöhnlich, denn als Reporter übersah ich solche Fake-Details an Menschen in meiner Umgebung normalerweise nicht. Aber meine Aufmerksamkeit war ja an anderen

Details hängengeblieben. Selbst schuld, ich triebgesteuerter Esel.

»Ups!«, lachte die Engelsfrau, deren langes Haar tatsächlich schwarz war. Nicht ganz, denn es wies bunt gefärbte Spitzen auf, die ihrem Aussehen ein bisschen etwas von einem wunderschönen, exotischen Paradiesvogel verliehen. Mir klappte der Mund auf und ich fühlte mich, als hätte ich eins mit dem Nudelholz übergezogen bekommen: vor mir war Estelle Ehrenfelsen, die Frau, über die ich den Artikel schreiben sollte! Sie war so nett zu Hannah und all den anderen Kindern, und sogar zu mir! Damit entsprach sie genau dem Gegenteil der aufgetakelten, hochnäsigen Gräfin, die ich erwartet hatte. Verdammt. Was sollte ich denn nun machen?

Kapitel 5
Vanillekipferl für zwei

Estelle

Mein kleiner Neffe Maximilian hatte mir mein goldblondes Haarteil vom Kopf gezogen und es dann wie eine heiße Kartoffel auf den Boden fallen lassen.

»Meine echten Haare sind viel schöner, oder?«, fragte ich ihn und drückte ihn an mich. Mein Neffe giggelte zustimmend.

Als ich zu Lars, dem jungen Vater neben mir, sah, musste ich kichern. Gerade schloss er seinen Mund. Als hätte er meine Perücke tatsächlich für meine echte Haarpracht gehalten! Köstlich! Sein Blick erinnerte mich an den von Bobby beim Tierarztbesuch, wenn der Doktor nach dem Geben des Leckerlis die Tollwut-Spritze hinter seinem Rücken hervorzog. Unglauben, Schock und Fluchtreflex kämpften in seiner Mimik um die Vorherrschaft. Es hatte sich also doch ausgezahlt, in eine gute Requisite zu investieren. Sein Blick war einfach Gold wert. Unwillkürlich fuhr ich mir durch meine Mähne, um sie ein wenig aufzuschütteln. Bestimmt hatten sich viele Strähnen wie ausgedörrte Schnittlauchlocken um meinen Kopf gezwirbelt. Ich ertappte mich bei dem diffusen Wunsch, diesem attraktiven Fremden gefallen zu wollen. Er hatte ungewöhnlich sanfte, hellgraue Augen, die mir schon vorhin auf dem Weihnachtsmarkt aufgefallen waren und meinen Puls doch tatsächlich um ein paar Takte beschleunigt hatten. Was für ein hübscher Mann! Seine Gesichtsform war schmal, seine hochstehenden Wangenknochen hoben sich leicht gegen seine Konturen ab. Sein Kinn war markant, seine Lippen ebenmäßig und seine Mundwinkel schienen so angelegt zu sein, dass sie natürlicherweise ganz leicht nach oben zeigten. Sie gaben seinem Gesicht einen freundlichen, aber auch irgendwie pfiffigen Gesichtsausdruck, was sich auch in seinen Augen widerspiegelte. Ich mochte das! Seine Wangen waren von einem dunkelblonden Dreitagebart bedeckt, der so sexy aussah, dass es unterhalb meines Bauchnabels eigenartig zu prickeln begann. Dass ihm mein Anblick jetzt gerade gefiel, hielt ich eher für unwahrscheinlich, denn vermutlich hingen mir meine Haare in Fransen vom Kopf wie die der Puppe seiner Tochter.

Maximilian gluckste und versteifte sich dann in meinen Armen. Mit einem ungehaltenen Laut wand er sich so lange, bis er sich um 180 Grad gedreht hatte und nun mit seiner Vorderseite zum Tisch auf meinem Schoß saß. Sofort versuchte er, mit seinen Händen unsere in mühevoller

Kleinarbeit fabrizierten Vanillekipferl platt zu drücken, was ich haarscharf verhindern konnte. Dann zog ich ihm rasch die grüne Wichteljacke aus, damit er sich hier drinnen nicht zu sehr erhitzte.

»Du bist … nicht blond«, sagte der Mann, der sich vorhin als Lars vorgestellt hatte. Das war just in dem Moment gewesen, als Maximilian und Annette hereingekommen waren. Er war ein Deutscher, wie ich an seinem Akzent unmissverständlich erkannt hatte. Fast noch mehr als einen Schock, meinte ich sogar einen Anflug von Enttäuschung in seinem Gesicht erkannt zu haben, denn er wirkte jetzt etwas reserviert. Aber da musste ich mich irren, denn wir kannten uns doch noch gar nicht. Ich lächelte einen Moment stumm in mich hinein, dann prustete ich los.

»Es tut mir leid, dass ich lache, aber dein Gesicht müsstest du sehen! Als hätte ich mir gerade meinen Kopf abgenommen und unter den Arm geklemmt. Ist mein Anblick so schockierend?«

Da zuckte sein rechter Mundwinkel nach oben und gleichzeitig hoben sich seine Augenbrauen. »Ein blonder Engel, der sich in der Weihnachtsbäckerei seinen Kopf abnimmt? Diese Wendung würde Stephen King gefallen.«

Ich schmunzelte. Sein Akzent hörte sich hamburgisch an, so wie der des Teams des Polizeihauptkommissariats in *Notruf Hafenkante*. Wahrscheinlich war er ein sogenanntes Nordlicht, die meistens schwiegen, aber dann und wann einen supertreffenden, trockenen Spruch raushauten.

»Ich stell mir gerade vor, wie die Kleinen das zu Hause ihren Eltern erzählen«, stieg ich auf seinen Kommentar ein und kicherte.

»Ich mir auch … Mama, das Christkind in der Weihnachtsbackstube hatte heute extremen Haarausfall«, witzelte er und ich prustete erneut los. Seine Stimme, mit der er den Ton eines Dreikäsehochs treffend parodierte, war tief, sanft und leicht brummig. Sein Timbre brachte irgendetwas in mir zum Vibrieren, was sich auf einer völlig anderen Ebene als das Kekse naschen abspielte. Zwar ging mir diese Empfindung ebenfalls durch den Magen, aber in Form eines aufwühlenden Kribbelns und nicht in Form eines wohltuenden Zuckerschocks. Ich platzierte die Hand prüfend auf meinem Bauch. Sehr eigenartig!

Lars löste das Vanillekipferl, das er gerade bearbeitete, vom Brett und hob es auf das Backblech.

»Mein Name ist Estelle«, stellte ich mich vor und knüpfte damit bei der unterbrochenen Vorstellung von vorhin an. Gerade jetzt wurde es aber schon wieder unruhig im Raum, denn die ersten Mädchen und Buben hatten schon wieder genug vom Kekse formen. Sie standen auf, nahmen ihre Schürzen ab und schlüpften in ihre dicken Winterjacken. Sie wollten sich auf den Weg nach draußen machen, wo ihre Eltern bei Punsch und Bratkartoffeln auf sie warteten. Meine Schwägerin sammelte die bereits fertig ausgestochenen Plätzchen der Kinder ein, die sich lautstark von mir verabschiedeten.

»Die Kekse werden jetzt in den Öfen des Burgrestaurants gebacken und in einer halben Stunde könnt ihr euch welche von dort abholen und mit nach Hause nehmen«, rief ich denen nach, die gerade im Hinausgehen waren.

»Oh ja, da können wir Mama welche mitbringen«, rief Lars' Tochter begeistert, die vorhin von einem anderen Mädchen *Hannah* gerufen worden war. Sie ging auf ihren Vater zu und schmiegte sich an ihn an. »Papa, können wir jetzt auch hinaus gehen? Meine neue Freundin Isabel sagt, dass man draußen einen Esel streicheln kann!« Sie zupfte am Ärmel ihres Vaters, der sich erhob.

»Klar, mein Schatz, ich komme schon«, sagte er mit einer supersanften Stimme und streckte seinen Rücken durch. Auf dem Mini-Kinderstuhl hatte er mit seinem langen Körper ja ganz schön verkrampft sitzen müssen.

»Danke für die gute Unterhaltung und die Schutzbekleidung«, sagte er und band sich die kleine rosa Schürze ab. Er schlüpfte in seine dunkelblaue Steppjacke und sammelte die Puppe und ein Stofftier seiner Tochter ein.

»Nichts zu danken«, antwortete ich und winkte den beiden zum Abschied, indem ich Mäxchens Hand zu einem Gruß führte. Warum hatte er die *gute Unterhaltung* betont? Hatte ihm unser kurzes Gespräch tatsächlich gefallen, so wie mir, oder war das ironisch gemeint gewesen? Ich registrierte, dass ich das gern herausgefunden hätte. Schade, dass die beiden schon wieder gingen.

»Oh, halt«, rief ich Vater und Tochter nach, gerade als sie die Ausgangstür erreicht hatten. Da war mir doch noch etwas eingefallen! Sie drehten sich zu mir um. »Vielleicht hast du Lust, bei unserem Krippenspiel mitzumachen? Das wird am vierundzwanzigsten Dezember hier auf der Burg Ehrenfelsen aufgeführt werden. Und nächsten Sonntag um vierzehn Uhr findet die erste Probe statt. Ich glaube, du wärst eine ganz tolle Hirtin. Also natürlich nur, wenn es deine Eltern erlauben.«

»Oh ja, bitte!«, rief das Mädchen sofort und hüpfte auf und ab.

»Danke für die Info, wir werden sehen … «, sagte Lars vage mit undurchschaubarer Miene, nickte mir freundlich zu und dann verschwanden sie nach draußen.

Ich hätte mich gern noch etwas mit ihm unterhalten, er hatte irgendetwas Besonderes an sich. Aber was war es? Eine Plaudertasche war er nicht gerade. Trotzdem mochte ich seine tiefe Stimme und seinen Akzent. Dieser klang sehr melodisch und angenehm in meinen Ohren, wie das Bayrische meiner Schwägerin. Während ich Maximilian auch wieder für draußen fertigmachte, dachte ich immer noch über Lars nach. Neben seinen attraktiven Gesichtszügen war er auch noch sehr groß und schlank. Er wirkte richtig sportlich, beinahe athletisch. Sein Gang war ein wenig schlaksig. Genau solche lässigen Typen gefielen mir, die auch noch über sich selbst lachen konnten und nicht alles so bierernst nahmen, wie die Sache mit der Kinderschürze und auch unsere witzige kleine Unterhaltung gezeigt hatten. Und als absolute Draufgabe kümmerte er sich auch noch in entzückender Weise um seine süße Tochter, die recht schüchtern zu sein schien. Das war mein Weckruf. Estelle, du Dummerchen, hör auf zu träumen! Der deutsche Adonis war natürlich vergeben, er buk mit seiner Tochter Weihnachtskekse für seine Ehefrau, die wahrscheinlich mit dem kleinen Geschwisterkind zu Hause wartete! Was hatten manche Frauen doch für ein Glück mit ihren Männern. Und ich hatte bisher immer nur Pech in dieser Beziehung gehabt. Ich seufzte leise und drückte Max einen dicken Schmatz auf seinen Hals, worauf er freudig losprustete. Dann wollte er wieder zu Annette, seiner Mutter, und ich sah auf die Uhr.

Noch schnell ein paar unserer Plätzchen auf dem Burghof verteilen und dann hatte Papa seinen Auftritt mit dem Chor, den ich auf keinen Fall verpassen durfte. Im Anschluss würden wir mit Glühwein, Bratapfel und Weihnachtsliedern einen Nachmittag ganz nach seinem Geschmack erleben. Denn wie hatte Mutter es letztens ausgedrückt? Wir konnten dafür sorgen, dass er Freude am Leben hatte. Mit *vertrauten Traditionen, Feiern und Singen*. Yes!

Kurz darauf verteilte ich, wieder als blonder Engel verkleidet, Kostproben von Vanillekipferln, Zimtsternen und Linzeraugen an die Besucher und scherzte dabei mit den Gästen. »Natürlich, vom Christkind persönlich gebacken … Ja, die können Spuren von Nüssen enthalten … Nein, die haben bestimmt nicht viele Kalorien … «. Das war lustig, allerdings war es früher immer der doppelte Spaß gewesen, als Roxy und ich als Christkindeln im Doppelpack unterwegs gewesen waren. Hach, wie vermisste ich meine Freundin! Wir waren wie Schwestern gewesen, bis wir uns vor einem Jahr wegen einem dummen Missverständnis überworfen hatten. Leider waren wir uns in mancherlei Hinsicht sehr ähnlich. Zum Beispiel, dass wir beide stur wie Esel und stolz wie Pfaue waren. Eigentlich wäre es an mir, den Schritt in Richtung einer Versöhnung zu machen und auf sie zuzugehen, doch bislang hatte ich es nicht über mich gebracht.

Meine beiden Teller waren fast leer, als ich meine miteinander Händchen haltenden Eltern in der Menge entdeckte. Ich blieb einen Moment stehen, um mir dieses harmonische Bild einzuprägen.

Dann ging ich auf sie zu, bis ich vor ihnen stand und ihnen das allerletzte übriggebliebene Stückchen vom Teller anbot. »Bitte sehr, ein Vanillekipferl für zwei«, sagte ich mit einer kleinen Verbeugung.

»Danke, dass du dich so rührend um uns kümmerst«, antwortete Vater lachend, nahm die kleine Süßigkeit und brach sie in der Mitte durch. Mit der größeren der beiden Hälften fütterte er Mama. Die beiden waren Zucker! Falls ich mich jemals wieder binden würde, dann wollte ich auch so eine warmherzige Beziehung führen, in der man sich bedingungslos liebte und sich blind vertraute, in guten wie in schlechten Zeiten. Und sich das letzte Vanillekipferl fürsorglich teilte! Dann hakte ich mich kurzerhand bei Vater ein und störte die schöne Eltern-Harmonie. So war das eben, wenn man Kinder hatte.

»Ich muss jetzt zu meinem Auftritt«, sagte Vater, als wir weitergingen. »Jetzt ist gleich der Pensionisten-Chor dran.«

»Du bist ein bisschen aufgeregt, oder?«, fragte ich ihn augenzwinkernd.

Anstatt einer Antwort legte er den Kopf schief und deutete mit einer Handbewegung, in der er zwischen Daumen und Zeigefinger einen zentimeterdicken Abstand entstehen ließ, dass ich nicht ganz falsch lag. Aber seine strahlenden Augen und sein Lachen verrieten mir, dass er sich vor allen Dingen riesig darauf freute.

In der Mitte des Platzes war eine kleine Bühne aufgebaut worden, auf dem seine Gruppe sich gerade mit ihrem

Leiter formierte. Papa verabschiedete sich und mischte sich unter das Dutzend.

»Toitoitoi«, riefen Mama und ich ihm noch nach.

Dann ging es los und der Gesangsverein präsentierte sein Repertoire an Kärntner Weihnachtsliedern: *'s Dörfle, Es Wintat Schon Eina, Es leuchten die Stern.* Als die tiefen voluminösen Männerstimmen *Werst mei liacht ume sein, Du wirst mein Licht hinüber sein,* anstimmten, hatte ich am ganzen Körper Gänsehaut. Wie traurig und schön zugleich! Ich tupfte mir die Augenwinkel. In dem Moment wurde noch dazu die weihnachtliche Beleuchtung eingeschaltet. Wow, entlang der gesamten Fassade der Burg waren Lichterketten angebracht worden, die die alte Wehranlage in goldgelbem Licht erstrahlen ließen. Da hatte Matthias mit seinem Team wieder einmal ganze Arbeit geleistet! Dass die Burg Ehrenfelsen heute noch existierte und darüber hinaus in so einer Pracht dastand, war der Vision meiner Eltern zu verdanken, denn die Generation davor hätte das alte Gemäuer aus Geldmangel beinahe dem Verfall preisgeben müssen, so aufwendig waren die permanenten Wartungs- und Renovierungsarbeiten. Damals hatten Mama und Papa, jungverliebt und voller Idealismus, den Kampf gegen den Zahn der Zeit aufgenommen und die Burg nicht dem Niedergang überlassen.

Als die Vorstellung zu Ende war, war es höchste Zeit für einen Glühwein und ich holte eine Runde von einem der Stände.

»Köstlich«, schwärmte Vater und seine Augen strahlten. »Orangenschalen, Gewürznelken und viel Zucker. Genau wie früher«. Der Nachmittag lief perfekt, wie nach Plan:

Vertraute Traditionen, Feiern und Singen. Nach Papas Mine zu urteilen, war seine Freude gerade riesengroß. Auf der Suche nach Matthias und Annette schoben wir uns langsam durch die Menge. Da drehte eine Dame sich vor mir rasant um und lief in mich hinein, sodass die dunkelrote Flüssigkeit aus meinem Becher über mein blütenweißes Jäckchen und mein Engelskleid schwappte. Oh nein!

»Ups, das tut mir aber leid«, rief die Frau und schlug verlegen ihre Hand vors Gesicht.

Ich sah an mir hinunter. »Sieht vermutlich ziemlich gruselig aus. Das kann ich dann nächstes Jahr zu Halloween anziehen. Vielleicht sollte ich mir meinen Kopf noch unter den Arm klemmen«, rief ich lachend und fühlte mich unmittelbar an das Geplänkel mit Lars in der Weihnachtsbäckerei erinnert. Prompt kam es mir so vor, als wären seine hellgrauen Augen in der Menge kurz aufgetaucht. Doch im nächsten Moment waren sie wieder verschwunden, ich musste mich geirrt haben. Schnell schüttelte ich mich. Wie unpassend, dass ich immer noch an den attraktiven, aber bereits vergebenen Familienvater aus der Weihnachtsbäckerei dachte.

Da waren Annette, Matthias und Maximilian! Als mein Neffe mich sah, begann er in den Armen meines Bruders heftig zu strampeln und streckte seine kleinen Händchen nach mir aus. Er wollte zu mir! Mein Tanten-Herz ging mir augenblicklich über vor Zuneigung. Ich drehte mich auf meine rechte Seite, um meiner Mutter meinen leeren Glühweinbecher zu reichen. So hatte ich beide Hände frei für den Kleinen. In dem Moment spürte ich einen Ruck an meinem Hinterkopf. Oh nein, nicht schon wieder! Schneller als unser Hund Bobby nach einem zu Boden gefallenen

Keks hatte Maximilian erneut mit seinen kleinen Fingerchen nach meinem blonden Haar geschnappt und mir die Perücke vom Kopf gezogen, genau wie vorhin! Was hatte er nur gegen die blonde Mähne? Ich erwischte das Haarteil gerade noch mit den Fingern meiner linken Hand, ehe es hinunter auf das Kopfsteinpflaster fiel. Bravo, jetzt sah ich mit meinem besudelten Oberteil und dem Schopf in meiner Hand wahrscheinlich wie ein skalpiertes Christkind aus. Die um mich Herumstehenden hatten ihren Spaß an mir und kicherten fröhlich. Das war zwar nicht gerade der Plan gewesen, aber Hauptsache, meine Familie und vor allem mein Papa hatten Freude und eine gute Zeit. Nur um das ging es doch!

<h2 style="text-align:center">Kapitel 6</h2>

<h3 style="text-align:center">Krippenspiel mit dem Feuer, 28. November</h3>

Lars

Oh Mann. Das war die schwierigste Story meines Lebens! Seit einer Stunde leuchtete mir die leere Seite meiner Textdatei auf dem Bildschirm entgegen. Ich massierte meine Schläfen und stützte mich mit den Ellbogen auf dem Redaktionsschreibtisch ab, während ich unaufhörlich über das gestrige Event auf der Burg nachgrübelte. Es wollte immer noch nicht in meinen Kopf, wie ich Estelle Ehrenfelsens blondes Haarteil nicht gleich als Perücke entlarvt und sie somit sofort als meine Zielperson erkannt hatte. Sie hatte aber auch ein zu hübsches Gesicht und noch einiges mehr, das meine Aufmerksamkeit vom Wesentlichen abgelenkt hatte. Diese rehbraunen Augen, die so keck funkelten und dieser große Mund mit den schönen, vollen Lippen, die immer zu lächeln schienen ... *Schluss jetzt,*

Konzentration!, rief ich mich selbst zur Ordnung. Sonst würde ich noch eine weitere Stunde wie ein zappeliger Schuljunge hier herumsitzen und mir die Haare raufen. Worauf wartete ich eigentlich? Ich musste meine Skrupel ablegen, denn meine Chefin erwartete *die besondere* Story. Und ich hatte doch alle Trümpfe in der Hand, ich musste den Sack jetzt nur noch zumachen. Im Gedränge der Besuchermenge hatte ich Estelle gestern noch unauffällig beobachten und ein paar unglaubliche Schnappschüsse machen können, Serienfoto-Funktion sei Dank. Die Bilder waren einfach nur witzig, wenn man wusste, wie sie entstanden waren. Der kleine Maximilian war von Estelles blondem Haar so fasziniert gewesen, dass er es ihr noch einmal heruntergezogen hatte, wie schon in der Weihnachtsbäckerei. Und es wäre ziemlich gemein, wenn ich eines der Fotos aus dem Zusammenhang reißen und veröffentlichen würde. Bei den Bildern, durch die ich jetzt auf meinem Laptop scrollte, musste ich sofort an die Papparazzi-Aufnahmen von diesem sturzbetrunkenen Popsternchen denken, die unlängst durch die Presse gegangen waren. Es war ein Skandal mit gerichtlichem Nachspiel gewesen, als der Topstar spätnachts sternhagelvoll aus einem Club getorkelt war und einem aufdringlichen Fotografen mit seinem knallroten Handtäschchen eine übergebraten hatte. Auf dem Bild, das das lustigste meiner Serie war, wurde Estelle zwar nicht handgreiflich, aber sie schien selbst ganz kurz vor dem Umfallen zu sein, so schief stand sie da. Es sah aus, als würde sie versuchen, sich mit der rechten Hand an einem überschwappenden Becher Glühwein festzuhalten und gleichzeitig in der Linken ihre blonde Perücke wie eine Trophäe hochhalten.

Wenn man genau diesen Bildausschnitt, ohne die Umstehenden und den kleinen Neffen verwenden würde, dann wäre das der Hammer. Ich legte mir den Knöchel meiner rechten Hand auf den Mund, um ein leises Lachen zu unterdrücken. Peter Moser, der seinen Arbeitsplatz schräg neben mir hatte, sollte mich nicht hören und neugierig zu mir herüberkommen, denn ich hatte noch nicht entschieden, was ich nun mit diesem Bilderschatz machen sollte. Ich betrachtete den Schnappschuss vor mir noch einmal eingehend. Das Oberteil von Estelles weißem Engelskostüm war in dunkler Flüssigkeit mariniert. Es war Glühwein, den ihr im Gedränge jemand über das Kleid geschüttet hatte. Es sah allerdings aus wie schmieriges Blut, oder … Kotze. In der Szene lachte sie fröhlich, ihr eigenes, bunt gefärbtes Haar lag wie ein öliger Kranz um ihren Kopf und ihre Augen waren halb geschlossen. Trotzdem sah sie mehr als niedlich aus. Die aus einer ortsansässigen Grafenfamilie stammende Burgdame war eine der schönsten Frauen, die ich jemals gesehen hatte. Das war sogar auf diesem alles andere als schmeichelhaften Schnappschuss klar erkennbar. Wenn ich sie nicht persönlich kennengelernt hätte, wäre das Foto ein absoluter Glücksfall und ich hätte vermutlich kaum Skrupel, es an die *Goldene Revue* auszuliefern, obwohl ich diese skandalheischenden Geschichten im Grunde verabscheute. Zu meiner Verteidigung betete ich mir selbst immer wieder vor, dass ich in meine jetzige Position ja auch nicht freiwillig gelangt war. Das Leben hatte mir diese Rolle aufgedrängt. Und nun saß ich hier, quälte mich mit meinem schlechten Gewissen und schämte mich für meinen Beruf. Das vor mir liegende zu veröffentlichen, nachdem ich mit Estelle Ehrenfelsen einträchtig Vanillekipferl geformt hatte, das war wie eine Bombe in ihrem Rücken zu zünden. Und zwar keine Eisbombe, sondern eine, die aus ganz viel Dreck bestand. Das konnte ich ihr doch nicht antun!? Ihr, die ohnehin schon einmal von der *Goldenen Revue* eingetunkt worden war! Hatte sie sich doch sogar mit ihrem Lebensgefährten und ihrer besten Freundin wegen einer der Zeitungsenten, die das Magazin produziert hatte, überworfen. Außerdem hatte ich beim Blick in ihre schokoladenbraunen Augen gestern so etwas wie ein heißes Prickeln in meinem Bauch gespürt. Mann! Das musste echt Jahre her sein, seitdem mir so etwas das letzte Mal passiert war. Was sollte ich denn jetzt machen? Das Foto löschen, einen langweiligen Weihnachtsmarkt-Bericht schreiben und mich damit auf Sophie Weiss-Winkelbauers Abstellgleis verfrachten? Oder vielleicht landete ich sogar auf ihrer Abschussliste? Danach könnte ich mir nur noch einen Job als Saison-Kellner am Wörthersee suchen und das Schreiben, meinen einzig verbliebenen Traum, den ich noch leben durfte, ebenfalls in den Wind schießen. Im allerschlimmsten Fall, wenn ich in der Region keine Anstellung fände, müsste ich vielleicht sogar ganz wegziehen! Weg von meiner Tochter! Nein. Das durfte einfach nicht sein. Ich bearbeitete mein Kinn mit Daumen und Zeigefinger, als könnte ich die Antworten von dort herauskneten. Oder sollte ich alle Bedenken beiseiteschieben und lieber mal an mich selbst und meine eigene Zukunft denken, die ohnehin nicht rosig aussah? Und einen reißerischen Text verfassen und zum Star unter den Schreiberlingen der *Goldenen Revue* aufsteigen. Vielleicht durfte ich dann doch irgendwann ins Sportressort wechseln. Während ich zum Kaffeeautomaten schlurfte, der ein Stockwerk tiefer aufgestellt war, wog ich alle Argumente in meinem Geist noch einmal ab. Hm ... Wahrscheinlich würde ich Estelle Ehrenfelsen niemals wiedersehen, die sowieso auf die Butterseite des Lebens gefallen war. Wie ich mittlerweile aus einer Google-Recherche wusste, besaß die Familie Ehrenfelsen neben der herrschaftlichen Burg auch noch etliche gutgehende Unternehmen in der Region, in der sie Prominenten-Status genoss. Bestimmt hatte sie hunderte Freunde und noch mehr Verehrer an jedem Finger. Was würde es in ihrem Leben auf der Überholspur schon ausmachen, wenn meine kleine Zeitungsente ihren Weg kreuzte? Überhaupt gar nichts, sie würde in Saus und Braus weiter durch ihr Leben brettern! Ich jedoch saß mutterseelenallein hier in Klagenfurt fest und brauchte diesen Job unbedingt, denn ich konnte und wollte nichts anderes als ein Journalist sein und in der Nähe meiner süßen Tochter leben und schreiben.

***

Nach einem langen Tag in der Redaktion saß ich abends auf der Couch im Wohnzimmer meines kleinen Apartments und zappte durch die Fernsehkanäle. Mein Handy, das auf dem gläsernen Tischchen vor mir lag, vibrierte. Ich griff es mir und schaute auf das Display. Auch das noch. Nachdem es weitere vier Male in meinen Händen getutet hatte, drückte ich die grüne Taste und ich nahm den Anruf entgegen.

»Lars Krämer?«

»Als ob du nicht wüsstest, dass ich es bin«, nahm ich die Stimme meiner Ex-Frau Sabine wahr.

Mein Magen verkrampfte sich. »Was kann ich für dich tun?« Wie ich diese patzigen Gespräche hasste! Ich schaffte es aber nicht, über meinen Schatten zu springen und mich normal mit ihr zu unterhalten.

»Gut, wie du willst. Dann fasse ich mich kurz. Seitdem Hannah gestern von eurem Ausflug zurückgekehrt ist, spricht sie von nichts anderem als von ihren neuen Freundinnen, einem Esel und einem Krippenspiel, das auf einer Burg veranstaltet wird«, sagte Sabine. »Das ist so … toll, sie ist seither immer nur fröhlich und wie ausgewechselt. Und sie will bei dieser Vorführung unbedingt mitmachen.« Sabines Stimme zitterte. Anders als sonst war es allerdings aus einer freudigen Emotion heraus, wie ich natürlich deutlich hören konnte. »Und von mir aus kann sie sehr gerne teilnehmen, ehrlich gesagt, das würde ich richtig, richtig toll finden!«, ergänzte sie.

Das war ja einmal was ganz Neues. Ich schluckte den sarkastischen Spruch hinunter, der mir auf der Zunge lag. Normalerweise war immer alles schlecht, was ich mir für Hannah überlegte oder mit ihr unternehmen wollte.

»Wie oft wird denn da geprobt? Im Dezember ist bei Rolf so viel los, dass ich Hannah da leider nicht ständig hinchauffieren kann«.

Natürlich. Dieser Rolf, ihr Neuer, der sich mit einem Wellnesshotel an einer Schipiste eine goldene Nase verdiente, wo sie ständig die Chefin heraushängen ließ, war natürlich das Wichtigste. Was, wenn ich ehrlich zu mir war, aber nicht ganz gerecht war. Denn eigentlich wusste ich schon, dass in Sabines Leben unsere Tochter Hannah an erster Stelle stand. Genauso wie in meinem.

»Ich weiß es nicht. Am kommenden Sonntag um vierzehn Uhr findet die erste Probe statt«, antwortete ich kurz angebunden.

»Kannst du sie dorthin und danach wieder zurückbringen?«, fragte Sabine.

»Klar«, antwortete ich, ohne eine Sekunde zu überlegen. Das bedeutete nämlich, dass ich Zeit mit Hannah außerhalb der gerichtlichen Vereinbarung verbringen durfte, die mir von Sabine sonst kaum zugestanden wurde. Auch wenn es nur eine Autofahrt war, die wir zusammen haben würden, freute ich mich darüber. Und dafür würde ich alles in Kauf nehmen. Oh … Ein Gedanke durchzuckte mich heiß und ich setzte mich kerzengerade auf. Womöglich würde ich aber wieder auf Estelle Ehrenfelsen treffen, von der ich mich besser fernhalten sollte, nachdem ich heute diesen Bockmist über sie geschrieben hatte.

Estelle Ehrenfelsen: Kommt jetzt der Absturz?, hatte ich die interessierte Leserschaft in der Schlagzeile gefragt. Die Antwort, die ich in dem Artikel gleich mitlieferte, war vage. Vielleicht, vielleicht aber auch nicht. Allerdings sprach das Bild, das die Story illustrierte, für sich und die Befürchtung lag nahe, dass man sich um die Nachfahrin eines der ältesten Kärntner Adelsgeschlechter ernsthaft Sorgen machen musste. Meine Chefin hatte sich auf den Schenkel geklopft und ein zufriedenes Grunzen von sich gegeben, als ich ihr meinen Beitrag gezeigt hatte. Nachdem das Bild vom Grafiker nachbearbeitet worden war, indem der Bildausschnitt auf sie fokussiert und die Farben noch stärker herausgearbeitet worden waren, hatte das Foto noch um einiges schlimmer ausgesehen. Jetzt wurde mir so heiß, als hätte mir jemand frisch gebrühten Tee auf die Brust gekippt. Wenn die Burgfrau herausfand, dass *ich* das geschrieben hatte, würde sie mich einen Kopf kürzer machen. Und ihn sich dann unter den Arm klemmen und fest zusammenquetschen. Aber … sie wusste ja gottseidank nicht, wer ich war und so würde es auch bleiben! Wie sollte sie das denn herausfinden? Unter dem Artikel stand mein Name ja nur abgekürzt als *L. Krämer*, und meinen Nachnamen hatte ich ihr nicht mitgeteilt. Fast niemand kannte mich in Kärnten und in ihrer Ecke schon gar niemand. Bei dem Gedanken entspannte ich mich und atmete tief durch. Ich konnte es meiner Tochter keinesfalls verwehren, dass sie sich endlich langsam in ihr neues Leben einfand und neue Freundschaften schloss. Das wünschte ich ihr so sehr! Alles was ich wollte, war, dass Hannah glücklich sein sollte. Nachdem wir das Nötige vereinbart hatten, verabschiedete ich mich rasch von meiner Ex-Frau. Von dem Tennismatch, das danach im Fernsehen lief, bekam ich fast nichts mit. Meine Gedanken kreisten um den kommenden Sonntag. Ich würde Hannah einfach nur bei Estelle Ehrenfelsen und ihren neuen Freundinnen abliefern und mich dann gleich wieder verdrücken. Das war doch ein cleverer Plan. Der sich aber trotzdem nicht gut anfühlte. Ich starrte an die Decke. Wie so oft im Leben war das, was klug und vernünftig war, leider nicht das, was das Herz wollte. Bei dem Gedanken, dass ich die Burgherrin niemals in meinem Leben näher kennenlernen durfte, fühlte ich eine beklemmende Enge im Herzen. Mit einem Schlag wurde mir klar, dass es neben meinem bösartigen Artikel noch einen weiteren Grund gab, warum ich am kommenden Sonntag besser gleich wieder verschwinden sollte. Denn die Burgherrin hatte mich in einer Weise angesprochen, die ich schon lange nicht mehr gefühlt hatte und das gefiel mir nicht. Sooft ich sie auch zu verdrängen versuchte, ständig tauchte sie in meinen Gedanken auf. Dabei brachte sie Gefühle an die Oberfläche, die mich verunsicherten. Der Blick in ihre nussbraunen Augen hatte tatsächlich meinen Puls beschleunigt! Und zwar anders, als wenn ich meine Tochter auf mich zulaufen sah ... die Empfindung war so intensiv und heftig gewesen, als hätten meine Herzklappen einen Trommelwirbel geschlagen. Wie blöd sich das anhörte. Gut, dass ich dieses Gefühl niemandem erklären musste. Und noch dümmer von mir war, auch nur eine Sekunde lang davon zu träumen, dass die bezaubernde Estelle Ehrenfelsen ausgerechnet mich mögen würde. Mich, der sein Geld mit dem Verzapfen von Lügengeschichten und dem Produzieren von Zeitungsenten verdiente. Estelle und ich zusammen, das war ein einziger verbotener Konjunktiv. Denn selbst wenn der unwahrscheinliche Fall eintreten würde, dass sie an mir Interesse hätte, dann war durch die von mir verfasste Zeitungsente eine jede – rein theoretische – Annäherung zwischen Estelle und mir sowieso *unmöglich* geworden. So! Jetzt hatte ich neben meinem verwirrten Herzrhythmus auch noch einen Knoten im Oberstübchen.

Kapitel 7
Zuckerguss, 4. Dezember

Lars

Am nächsten Sonntag, dem zweiten Advent, war ich mit Hannah wieder auf dem Weg zur Burg Ehrenfelsen. Ich trommelte mit meinen Fingern auf dem Lenkrad herum und ignorierte das flaue Gefühl, das sich beim Anblick der steinernen Burg auf der Anhöhe in meinem Magen breit machte. Das dichte graue Wolkenband, das sich über das alte Gemäuer gelegt hatte, ließ es noch weniger einladend wirken und die Szenerie erinnerte mich an jene in einem Mittelalter-Film, in der die heilige Inquisition anrückte. Das war natürlich übertrieben, aber das Wetter schaute wirklich übel aus. Wenn wir Pech hatten, würde es gleich noch zu regnen beginnen.

Auch Hannah machte sich anscheinend ihre Gedanken. Sie zwirbelte unablässig ihre langen, rotbraunen Haare um den Zeigefinger ihrer rechten Hand und drückte mit der linken Miss Lotti fest an sich. »Papa, was macht eine Hirtin? Was hat eine Hirtin an? Darf meine neue Freundin Isabel auch eine Hirtin sein?«, löcherte sie mich und ich versuchte sie zu beruhigen und auf alle Hirtinnen-Fragen halbwegs sinnvolle Antworten zu geben.

Ich stellte das Auto auf dem Besucherparkplatz ab und wir gingen das letzte Stück die Anhöhe zur Burg hinauf. Hannah schmiegte sich wieder einmal ganz eng an mich, legte ihren Arm um meine Hüfte und verschränkte ihre Finger mit meinen. Unsere Gliedmaßen waren ineinander verschlungen wie das Knäuel Kopfhörerkabel, das hoffnungslos verstrickt auf meinem Schreibtisch in der Redaktion lag. War es vielleicht etwas zu optimistisch gedacht, dass ich Hannah nur abliefern und mich dann gleich wieder verdrücken konnte? Würde sich meine schüchterne Tochter überhaupt von mir lösen?

Im Moment sah es nicht danach aus. Es war kurz vor dem vereinbarten Zeitpunkt, als wir durch das Hauptportal der Burg gingen. Ein halbes Dutzend Kinder nebst den Müttern hatte sich in der Mitte des Burghofes versammelt und unterhielt sich.

»Hannah! «, ertönte eine helle Stimme. Isabel, das Mädchen, das meine Tochter letzte Woche beim Backen kennengelernt hatte, kam auf uns zugelaufen. Hannah löste sich abrupt von mir und hüpfte ihrer neuen Freundin entgegen. Isabel zeigte Hannah ihre Puppe, die Miss Lotti sehr ähnlich sah. Dann begannen alle Kinder, miteinander Fangen zu spielen. Sie quietschten und lachten und ich schöpfte wieder Hoffnung, meinen ursprünglichen Plan durchziehen zu können. Nämlich möglichst schnell wieder von hier zu verschwinden und mit Estelle nicht mehr als nötig reden zu müssen. Zum Glück hatte ich die anderen Eltern jetzt erreicht. Väter waren außer mir keine anwesend. Ich grüßte in die Runde, stellte mich dazu und lauschte der Unterhaltung, um mich von meinen dummen Gedanken abzulenken. Doch prompt wurde mir wieder siedend heiß, als ich realisierte, dass sich das Gespräch der versammelten Mamas um meinen Artikel drehte, der in der *Goldenen Revue* erschienen war. Ob da wirklich etwas dran sei, dass Estelle Ehrenfelsen ein Alkoholproblem hatte? Die meisten konnten sich das nicht vorstellen, aber wie sei dann dieses Foto entstanden? Da war sie wieder bewiesen, die Macht und Manipulationsfähigkeit von Bildern. Die Mütter diskutierten alle möglichen Theorien. Ich presste die Lippen aufeinander, versenkte meine Fäuste in den Jackentaschen und tippte mit meinen Fußspitzen abwechselnd auf den Boden. Wo war das nächste Loch, in das ich versinken konnte? Es gab keines.

Estelle

Ich stand in meinem Souvenirladen und beobachtete die Leute, die sich in der Mitte des Atriums versammelten.

Sofort musste ich wieder an jene Szene von vor vier Tagen denken. Nachdem Matthias mir das Foto in diesem Schmierblatt gezeigt hatte, hatte mein Herz erst zwei Schläge ausgesetzt, und danach war mein Puls davongaloppiert. Besorgt hatte Matthias mich angesehen. »Estelle, beruhige dich ... deine Wangen sind so rot ... fast wie Glühwein«.

»Ja und genauso koche ich innerlich!«, hatte ich gerufen und gespürt, wie heiße Tränen der Wut in mir hochgestiegen waren. Warum konnte mich dieses Schmierblatt nicht in Ruhe lassen? Hatte es mein Leben nicht schon genug durcheinandergebracht? Der Fotograf hatte just in dem Moment abgedrückt, als Mäxchen mir wieder einmal die Perücke vom Kopf gezogen hatte. Das Foto war eine Mischung aus *Der Exorzist* und *Keith Richards'exzessivster Partynacht*. Nach dem ersten Schock hatte sich Frustration breitgemacht. Im Prinzip kümmerte es mich zwar nicht wirklich, was dieses einfältige Käseblatt über mich schrieb, aber für den Souvenirladen und die Kinderführungen war das alles andere als eine gute Werbung. Was die Eltern der Kinder dazu sagen würden, die immer zu uns in den Streichelzoo kamen? Würden die Kids in Zukunft noch kommen dürfen, nachdem ihre besorgten Mamas und Papas dieses Foto gesehen hatten, auf dem ich wie eine sturzbetrunkene Irre aussah? Und was würde aus dem Krippenspiel? Verbitterung und Sorge waren in mir aufgestiegen. »Ich hätte große Lust, alles abzusagen!«

In dem Moment war ein Funke in Matthias' Augen aufgeblitzt. Er wusste aus eigener Erfahrung, was ich gerade durchmachte, weil er früher auch ab und zu von der Presse aufs Korn genommen worden war. »Du wirst doch vor diesem Revolverblatt und seinen Zeitungsenten nicht einknicken?« Er wischte mir mit seinem Daumen eine Träne von der Wange, umfasste meine Schultern und schüttelte mich ganz sachte. »Weißt du, Estelle, zuerst hatte ich Bedenken wegen dieser Weihnachten-wie-damals-Sache. Ob das nicht übertrieben ist? Aber mittlerweile finde ich die Idee wunderschön: Vater eine Freude zu bereiten und ihm ein Stück seiner geliebten Vergangenheit wiederzugeben. Fast, als würdest du der Zeit ein klitzekleines Schnippchen schlagen, wenn auch nur für einen Abend. Und die ganze Familie steht hinter dir, wir halten natürlich zusammen, so wie immer.«

Ich hatte meine Tränen hinuntergeschluckt. Obwohl wir so unterschiedlich waren, verstand mich niemand so wie mein Bruder. Das bedeutete mir die Welt, obwohl ich es tief in mir sowieso gewusst hatte. Jetzt war mir wieder glasklar, warum ich das alles veranstaltete. »Genau! Ich will das Leuchten in seinen Augen sehen. Er soll sein geliebtes Weihnachtsfest mit allen Sinnen erleben und nicht nur davon erzählen, wie es früher einmal war. Er soll dieses Jahr die Mette in der Burgkapelle feiern, das Krippenspiel sehen und den Chor hören!« Natürlich konnte man die Zeit nicht zurückdrehen, aber ich glaubte daran, dass Erinnerungen lebendig werden und einzigartige Freude stiften konnten. »Du hast ja so recht, Matthias! Allein schon wegen Papa sollte ich mich nicht unterkriegen lassen! Seine Augen sollen leuchten, so wie auf dem Weihnachtsmarkt letzte Woche.« Das würden mir die *Goldene Revue* und ihre schmierigen Schreiberlinge nicht kaputtmachen können.

Ich schaute noch einmal in den Burghof hinaus. Wie schön, es sah so aus, als wären genug Kinder gekommen, um das Krippenspiel stattfinden zu lassen. Ich straffte meine Schultern, nahm die Textblätter an mich und trat auf den Burghof hinaus.

Lars

Nach einigen Minuten ging die Tür des Souvenirshops auf und Estelle trat heraus. Obwohl ich mich seit Tagen innerlich auf ein Aufeinandertreffen mit ihr wappnete, setzte mein Atem bei ihrem Anblick einen Herzschlag lang aus. Mein EKG ähnelte wahrscheinlich der seismographischen Aufzeichnung eines Erdbebens im San-Andreas-Graben. Ihre zimtstangenbraunen Augen leuchteten, als würden Windlichter deren Strahlkraft verstärken. Mein Gott, vielleicht sollte ich mich anstatt als nüchterner Sportreporter doch besser an einem schnulzigen Roman versuchen? Andererseits wirkten ihre Augen heute etwas müde. Trotzdem sah sie bezaubernd aus. Sie trug einen dicken türkisen Winterpullover, einen grünen Faltenrock, rote Wollstrümpfe und ebensolche Stiefeletten. Ich war kein Modeexperte, aber die Farbzusammenstellung erschien mir erfrischend ungewöhnlich und stand ihr auch ungemein gut. Das war mal etwas anderes als das triste graue Bekleidungs-Einerlei, das im Winter sonst alle trugen. Unter ihrem Arm hatte Estelle einen Stapel Papier geklemmt. Bestimmt war das der Text für die Kinder.

Sie blieb vor uns stehen, lächelte und strich sich mit einer anmutigen Geste eine dunkle Haarsträhne mit bunten Spitzen hinter ihr rechtes Ohr.

»Vielen Dank, dass ihr gekommen seid! Wie ihr seht, bin ich nicht abgestürzt und man muss sich wirklich keine Sorgen um mich machen«, sagte sie mit einem schiefen Grinsen.

Oh Mann, was hatte mein Artikel doch für hohe Wellen geschlagen! Das schlechte Gewissen ballte sich in meinem Magen und drückte ihn nach unten, als hätte ich einen Klumpen nasses Zeitungspapier verschluckt. Mir wurde schrecklich heiß, als sich unsere Blicke trafen. Sie konnte doch nicht ahnen, wer ich in Wirklichkeit war, oder? Am liebsten hätte ich mich sofort in Luft aufgelöst. Mein Atem beschleunigte sich, wie vor dem Aufschlag zu einem alles entscheidenden Punkt in einem Tennismatch. Da bogen sich ihre Mundwinkel weit nach oben, als würde sie mich wiedererkennen und sich sogar freuen, mich zu sehen. Sofort fluteten Glückshormone meinen Körper, als hätte ich den Matchball mit einem As im Feld versenkt. Ich atmete tief durch und erwiderte ihr Lächeln.

Estelle

Oh, Lars war da, den ich mit seiner Tochter letzte Woche in der Weihnachtsbäckerei kennengelernt hatte! Der Blick in seine hellgrauen Augen rief eine sehr spezielle Empfindung in mir hervor. Eine süße Leichtigkeit, gepaart mit einem Hauch von Frische, die ein Prickeln in mir erzeugte und mich aufwühlte. So wie der Geschmack von Zuckerguss mit einem Quäntchen Zitrone, der aber nicht meinen Gaumen ausfüllte, sondern den Bereich unterhalb meines Rippenbogens. Gleichzeitig stieg mein Puls fast so steil an wie am Mittwoch, als mein Bruder Matthias mir die *Golde-*

ne Revue auf den Tresen des Souvenirshops gelegt hatte, nur diesmal vor freudiger Erregung.

Die Art der Pulsbeschleunigung, die Lars hier und jetzt gerade in mir auslöste, fühlte sich wohltuend aufregend an. Was natürlich schlecht war! Denn in einen vergebenen Mann würde ich mich nicht vergucken, solange noch ein letzter Funken Verstand in mir gloste. Auch wenn er unglaublich attraktiv war und die Art, wie er sich am Tag des Weihnachtsmarktes um seine Tochter bemüht hatte, mich total berührte. Das kleine Mädchen hatte das Herz seines hünenhaften Vaters voll in der Hand. Für starke Kerle mit einem weichen Kern hatte ich eine riesengroße Schwäche. Weil sie selten zu finden waren? Und weil ich sehr hoffte, dass irgendwann das Herz eines starken Mannes mit goldenem Herz auch einmal für mich schlagen würde? Leider würde es mit Sicherheit nicht das von Lars sein.

Ich räusperte mich. Höchste Zeit, mich auf meine Aufgabe zu fokussieren. Lars schaute mich schon so auffällig an. Er war *ver-ge-ben*, betonte ich in meinem inneren Monolog jede einzelne dieser drei Silben noch einmal.

Jetzt war außerdem Zeit, mich über die vor mir versammelten Menschen zu freuen, die immer noch zu mir standen, trotz der schlechten Presse. Denn entgegen meinen Befürchtungen waren doch genug Kinder da, um den Cast zu besetzen: Maria, Josef, zwei Engelsmädchen und zwei Hirtinnen, das ging sich aus, perfekt. Sogar Peter, ein etwa zehnjähriger Junge aus Ehrenfelsen, wollte mitmachen. Das war wirklich toll, dass er mit dabei war, wenn auch leider als einziger Bub. In diesem Alter, um die Pubertät herum, war das nicht selbstverständlich.

»Unser Dorfpfarrer hat sich sehr gefreut, dass wir eingeschlafene Traditionen wieder aufleben lassen und es an Heiligabend endlich auch wieder ein Krippenspiel und Chorsingen geben wird. Er hat mir extra den originalen Text aus der Bibliothek herausgesucht. Ein bisschen werden wir es an die heutige Zeit adaptieren müssen, aber das machen wir spontan! Als Erstes geht es jetzt mal an die Rollenverteilung und dann beginnen wir gleich mit der ersten Probe.«

***

»Endlich kannst du auch mal brillieren, Lucky. Sonst stehlen ihm im Streichelzoo nämlich immer unsere gefleckten Kühe die Show, müsst ihr wissen. Aber diesmal nicht. Das wird dein großer Auftritt. Lucky, es ist *deine* Mission, Maria und das Jesuskind heil nach Bethlehem zu bringen«, schärfte ich dem gutmütigen grauen Vierbeiner ein, nachdem die Kinder ihn vom Tiergehege geholt hatten. Dabei kraulte ich ihm seine Stirn. Nachdem ich mit allen Eltern die Telefonnummern für Notfälle getauscht und sie sich verabschiedet hatten, wollte ich meinen jungen Darstellerinnen und dem Darsteller heute nur mal den Inhalt des Stückes erklären und danach die drei Szenen mit dem Text gemeinsam durchsprechen. Es machte mir jetzt schon riesigen Spaß und den Kids auch, die fröhlich und aufgeregt in ihre Blätter schauten. Wobei meine entzückenden kleinen Hirtinnen Isabel und Hannah nur zwei Sätze aufzusagen hatten, sie konnten ja noch nicht einmal lesen!

Peter und Claudia, die beiden größeren Darsteller von Maria und Josef, legten sofort los.

»Halte durch, liebste Maria, da hinten sehe ich einen Stall«, polterte Peter, als ginge es darum, einen Schnellsprechrekord zu brechen. Ich rieb mir mit meiner Hand die Stirn und überlegte, wie ich es anstellen könnte, dass die beiden mit mehr Emotion agieren würden. Das Spiel der beiden erinnerte an die Partie zweier sprechender Schachcomputer, die sich mit ihren hölzernen Stimmen ihre Spielzüge ansagten.

»Ähm, stop bitte. Ihr macht das ja schon ziemlich toll«, lobte ich die beiden zunächst. »Peter, überleg dir doch mal eine konkrete Situation, wo jemand, den du kennst, diesen Satz aussprechen würde. Zum Beispiel, wie wäre das, wenn dein Papa das zu deiner Mama sagen würde: *Halte durch, liebste Maria, da hinten sehe ich einen Stall...* Da wär dann doch sicher mehr Gefühl dabei, oder? So, als würde dein Papa sein Herz in diese Worte legen. Und er würde wahrscheinlich viel langsamer sprechen und deine Mutter dabei sogar ansehen.«

»Haha, das glaube ich nicht.« Peter lachte los. »Meine Eltern sind seit fünf Jahren geschieden und mein Vater würde die Mama nicht mit *meine Liebste* anreden, niemals!«.

»Meine Eltern sind auch geschieden«, rief Isabel.

»Und meine auch«, stimmte Hannah mit ein, als ob sich die Kids nun gegenseitig mit den gescheiterten Beziehungen ihrer Eltern überbieten wollten. In meiner Kindergruppe spiegelte sich die Scheidungsrate der österreichischen Gesellschaft wider, die bei ziemlich genau fünfzig Prozent lag. Natürlich war das traurig und nicht schön, dass ich gerade so ein sensibles Thema aufgewühlt hatte, das hatte ich nicht beabsichtigt. Aber die Betroffenen wirkten im Moment gar nicht erschüttert oder betrübt. Bestimmt war es für die Kinder tröstlich zu sehen, dass es anderen Gleichaltrigen auch so ging wie ihnen und es auch andere Familien gab, in denen die Eltern nicht mehr zusammen waren.

»Aber der neue Freund meiner Mama würde das zu ihr sagen und sie dabei so flauschig anschauen wie ein neugeborener Welpe«, lachte Peter und brachte die Mädchen mit einem übertriebenen Schmollmund, weit aufgerissenen Augen und klimpernden Wimpern zum Kichern.

»Und der Michael meine Mutter«, sagte Isabel grinsend.

»Und der Rolf meine Mama«, rief Hannah.

Soso … wurde mir erst jetzt so richtig bewusst … Lars war mit Hannahs Mutter also gar nicht mehr zusammen! Ich fühlte Wärme in meine Wangen steigen und mein Puls beschleunigte sich. Das ergab eine ganz neue Perspektive in Bezug auf Lars. Ob er etwa Single war oder schon wieder eine neue Partnerin hatte? Vielleicht könnte ich das in der nächsten Zeit ja herausfinden.

8. Der Krampus kommt
5. Dezember

Estelle

Am nächsten Tag, es war ein Montag, schloss ich den Souvenirshop der Burg sogar schon um acht Uhr dreißig auf, eine halbe Stunde *vor* der offiziellen Öffnungszeit. Ich konnte mich nicht erinnern, dass dies jemals zuvor passiert war! Obwohl ich auf meinen kleinen Laden stolz war, betrachtete ich die perfekt sortierten und dekorierten Waren heute fast mit ein wenig Bedauern, denn meine Hände und Beine waren ruhelos, sie wollten beschäftigt werden, wenn auch nur mit monotonen Aufräumarbeiten. Doch in dieser Hinsicht gab es heute nichts zu tun. Es war alles picobello.

Manchmal nahmen die Kunden einen Artikel von der Stange und hängten ihn danach gedankenlos ganz einfach irgendwo wieder zurück. Dieser dunkelblaue Herren-Hoodie hier, der an den Schultern weit geschnitten war, würde Lars bestimmt perfekt passen. Halt! Besonders lange hatte ich meinen Vorsatz nicht durchgehalten. Schon wieder hatte sich der blonde Deutsche in meine Gedanken geschlichen. Der nicht nur diese geheimnisvollen grauen Augen, den athletischen Körper und diesen wahnsinnig sexy Dreitagebart hatte, sondern dessen Name auch eine Scheidungsurkunde zierte, wie ich gestern erfahren hatte. Zum wiederholten Mal stellte ich mir die Frage, ob er Single war. So wie in der letzten schlaflosen Nacht. Dabei hatte ich mir eigentlich vorgenommen, diese neue Information ganz gelassen hinzunehmen und nicht weiter darüber nachzugrübeln. Aber das war so, wie wenn man sich vornahm, auf keinen Fall an einen pinken Elefanten zu denken. Das funktionierte nicht! Ich schaltete die Heizung eine Stufe hinunter und das Radio ein. *Last Christmas*, düdelte es aus dem Lautsprecher. Der gutaussehende Lars war für mein Gehirn so unabkömmlich wie George Michael für einen Radiosender in der Vorweihnachtszeit. Ich ließ das Gerät laufen, wandte mich von den Souvenirs ab und ging zu meinem Laptop hinüber, der am Verkaufstresen stand. Ich öffnete mein Emailprogramm. Ah, im Posteingang befand sich eine Nachricht vom Ehrenfelsener Perchtenverein. Sie enthielt eine Liste mit den Teilnehmern des alljährlichen Krampuslaufs, die ich angefordert hatte.

Morgen, am Nikolaustag, würde er bei uns im Burghof stattfinden. Das würde sicher wieder ein Mordsspektakel werden. Früher waren die Krampusumzüge zum Teil recht wild gewesen und häufiger hatte es sowohl im Publikum als auch unter den Krampussen leichtere Verletzungen gegeben. Deswegen durften die verkleideten Männer mit den furchterregenden Masken nur noch hinter einer Absperrung aufmarschieren.

Da durchzuckte mich eine Idee und ich richtete mich kerzengerade auf. Ob Lars und Hannah das vielleicht auch gern sehen würden? Die Krampustradition gab es in Deutschland sonst nur in Bayern, hatte Annette mir damals erzählt, als wir den Adventskranz gebunden hatten. *Do they know it's Christmas*, trommelte ich den Takt des jetzt gespielten Radio Songs in doppeltem Tempo auf dem Tresen mit. Die anderen Krippenspiel-Kinder, die unten im Ort wohnten, würden bestimmt auch hier sein! Zur Sicherheit würde ich bei deren Eltern anrufen, damit sie auch bestimmt kämen. Das wäre wie ein Krippenspiel-Teambuilding-Event! Im Fenster spiegelten sich die Konturen meines Gesichtes und ich konnte meine Mundwinkel sehen, die sich annähernd kerzengerade nach oben bogen. Was für eine gute Idee, ich sollte Lars und Hannah ganz einfach einladen! Ich hatte doch seine Telefonnummer, für Notfälle. Das war zwar gegen die vornehme Zurückhaltung, die ich mir betreffend Lars vorgenommen hatte. Es langsam angehen, mein Temperament im Zaun halten, abwarten … Aber warum eigentlich? Heutzutage konnten Single-Frauen doch auch selbst die Initiative ergreifen. Die Tage, wo Damen auf ihrer Burg saßen und warteten, dass ein Edelmann auf einem weißen Ross ihnen die Aufwartung machte, waren doch zum Glück längst passé! Ich hatte einen Ritter getroffen, der mir verdammt gut gefiel und den würde ich ganz einfach auf meine Burg einladen. Und hoffen, dass er nicht nur geschieden, sondern wirklich Single war. Mittlerweile überlegte ich ernsthaft, die Heizung aus- und die Klimaanlage einzuschalten. Ich fächelte mir mit der einen Hand Luft zu und fischte mit der anderen mein Handy aus der Gesäßtasche meiner Jeans. Dann rief ich den Eintrag mit Lars' Telefonnummer auf, die ich mir gestern eingespeichert hatte und drückte auf das grüne Anrufen-Symbol.

Lars

Mein Mobiltelefon rappelte vor mir auf dem Konferenztisch los. Der Vibrationsalarm zog die Aufmerksamkeit des gesamten zehnköpfigen Redaktionsteams der *Goldenen Revue* auf sich und Sophie Weiss-Winkelbauer kniff genervt ihre Augenbrauen zusammen. Rasch griff ich nach dem Gerät, um das Telefonat wegzudrücken. Doch als ich den Namen der anrufenden Person sah, fuhr ich hoch, als würde ich die Hitze eines unter Vollbrand stehenden Adventskranzes unter mir fühlen. *Estelle Ehrenfelsen!* Oh nein! Ich griff mir mein iPhone und hoffte, dass niemand der Kollegen einen Blick auf die Anzeige erhascht hatte. Keiner hier brauchte zu wissen, dass ich Kontakt zur Burgherrin pflegte. Warum rief sie mich an? Hatte sie etwa doch herausgefunden, dass ich Reporter der *Goldenen Revue* war? Und jetzt wollte sie mich beschimpfen und mir die Hölle heiß machen?

Ich murmelte eine Entschuldigung, warf der Chefredakteurin einen reumütigen Blick zu und ging rasch zur Ausgangstür. »Einen Moment bitte«, sagte ich in das Mikro des Gerätes und ging mit langen Schritten in unser Redaktionsbüro am anderen Ende des Ganges. Das Zimmer war leer, weil alle in der Besprechung saßen. Nachdem ich die Tür hinter mir geschlossen hatte, nahm ich das Telefon an mein Ohr und wanderte an der Fensterfront entlang. Ich blies einmal kräftig die Luft aus und hob die Schultern. »Was kann ich für Sie tun?«. Meine Sprechweise ähnelte der eines Tagesschau-Moderators. Bravo! Genauso trocken musste ich rüberkommen, um den emotionalen Abstand zu bewahren.

»Hey Lars, hier ist Estelle«, vernahm ich ihre Stimme, die so melodisch und süß wie eh und je klang. Nicht eine Spur von Verärgerung war herauszuhören und meine Lippen formten automatisch ein breites Lächeln. Mein Bauchraum fühlte sich augenblicklich wie ein prickelnder Whirlpool in einem Fünf-Sterne-Schihotel an. Aber das sollte sie mir keinesfalls anmerken, deshalb klopfte ich mir mit der Faust leicht gegen die Magengrube und sagte erstmal nichts.

»Du weißt schon. Die Krippenspiel-Frau, die aus der Zeitung bekannt ist ... und die *keine* Blondine ist ... hallo Lars, bist du noch dran?«, erkundigte sie sich nach drei Sekunden, in denen ich nichts gesagt hatte.

»Ja sicher. Moin, Estelle. Was gibt es denn?« Geerdet bleiben! Schnell an etwas Langweiliges denken, ermahnte ich mich. Sofort kamen mir Sophie Weiss-Winkelbauers Verkaufsstatistiken in den Sinn, mit der sie mich eine halbe Stunde zuvor beinahe ins Wachkoma befördert hatte. Ich kratzte mich am Hinterkopf.

»Du kommst doch aus Norddeutschland, wo es keinen Krampus gibt, richtig?«, wollte sie jetzt von mir wissen.

»Mmmh?«, brummte ich.

»Der Krampus ist die höllische Begleitung vom lieben Nikolaus. Anderswo wird er auch Knecht Ruprecht genannt, den kennst du aber, oder?« Ich schwieg. »Er ist die böse rechte Hand des Guten, der die unartigen Kinder bestraft. Bei uns in Kärnten sind die Krampusse besonders abscheulich … Deswegen wollte ich dich fragen, ob du morgen kommen magst.« Sie unterbrach sich selbst mit einem fröhlichen Lachen. »… denn da gibt es einen sogenannten Krampuslauf mit ganz vielen dieser schlimmen Gestalten, bei uns auf der Burg Ehrenfelsen. Das ist nämlich ein alter Brauch. Und ich wollte dich einladen zu kommen, ich meine natürlich euch beide, Hannah und dich. Und deine Begleitung auch. Also falls du eine Begleitung mitbringst.«

Ich ließ mir mit meiner Antwort Zeit. »Meine Begleitung? So wie meine böse rechte Hand?« Jetzt konnte ich nicht anders, als leise zu lachen. Fast wirkte Estelle, als wäre sie nervös. Das konnte doch nicht sein. Ich war doch derjenige, der wegen ihres Anrufes gerade ziemlich fertig war. Obwohl sie es am Telefon natürlich nicht sehen konnte, versuchte ich ein Pokerface aufzusetzen. »Das ist sehr aufmerksam von dir und ich werde Hannah fragen, ob sie Lust dazu hat. Das heißt, wenn ihre Mutter es erlaubt. Generell ist Hannah aber nicht gerade die Mutigste. Zu Halloween hat es jede Menge Süßigkeiten gebraucht, um sie aus dem Haus zu locken.« Diese drei Sätze hatte ich ohne Höhen und Tiefen durch meine Zähne gepresst, wie ein Roboter aus den 1980er Jahren.

»Ach, da könnt ihr ganz beruhigt sein. Unsere Krampusse schauen zwar richtig hässlich aus, werden aber hinter einer Abgrenzung weggesperrt und dürfen nicht zu den Besuchern hinüber. Und der Nikolaus kommt ja auch und bringt den braven Kindern etwas mit! Außerdem werden Hannahs Freundinnen vom Krippenspiel ebenfalls da sein.«

Ich konnte ihre Wärme, Begeisterung und ansteckende Lebensfreude aus ihrem Tonfall heraushören. Sie bescherte mir sofort gute Laune, die ich aber unterdrücken wollte.

»Danke Estelle, das hört sich wirklich furchtbar gut und sehr interessant an. Ich werde meine Tochter fragen und dann sehen wir uns ja vielleicht morgen.«

Ich drückte mir mit meiner Faust gegen meine Schläfe. Wie lieb von ihr, dass sie extra anrief und uns einlud. Am liebsten hätte ich mich voller Freude bedankt und sofort zugesagt. Aber ich musste Distanz wahren, weil ich der abscheuliche Schmierfink war, der Erschaffer der Zeitungsente von letzter Woche, den sie verachtete! Immerhin hatte die *Goldene Revue* sogar Hausverbot auf der Burg! Es galt, den Kontakt zu Estelle zu vermeiden, möglichst wenig mit ihr zu sprechen und sich keinesfalls mit ihr anzufreunden. Denn in diesem Fall würden unweigerlich persönliche Dinge zu Sprache kommen wie mein voller Name, mein Beruf und noch konkreter: mein Arbeitgeber. Und wenn ich nicht auffliegen wollte, würde ich ihr über Privates ins Gesicht lügen und irgendetwas erfinden müssen, was ich absolut nicht wollte. Also war es besser, die wegen dem Krippenspiel unvermeidlichen Berührungspunkte möglichst neutral und unpersönlich zu halten und sich darüber hinaus nicht näher kennenzulernen, um das

Risiko, enttarnt zu werden, so gering wie möglich zu halten. Wenn sie mir auf die Schliche käme, dann … einen Moment lang hatte ich die Vision, wie mich eine Horde von Krampussen in eine dunkle Gasse zerrte …

Ich schüttelte mich. Wenn Estelle jemals hinter mein Geheimnis kommen sollte, dann gnade mir der Nikolaus. Gegen alle Vernunft hätte ich liebend gerne ein wenig mit Estelle geflirtet und es fiel mir wahnsinnig schwer, mich auf diese zurückhaltende, distanziert spröde Art mit ihr zu unterhalten. Bestimmt hielt sie mich für die Originalvorlage eines Loriot-Sketches. Das war natürlich gut, denn wenn sie mich für einen seltsamen Kerl hielt, würde sie mich meiden, wenn wir uns wieder begegneten, was beim Bringen und Abholen von Hannah zu den Krippenspiel-Proben bestimmt unvermeidlich sein würde.

Wir verabschiedeten uns und ich legte auf. Danach ließ ich mich auf meinen Schreibtischstuhl fallen und atmete tief durch. Natürlich würden wir nicht zu dieser Veranstaltung gehen und ich würde Hannah gar nicht erst fragen beziehungsweise Sabine um Erlaubnis bitten. Abgesehen davon, dass ich ein Treffen mit Estelle vermeiden wollte, würde es meine Ex-Frau sowieso niemals gestatten, dass unsere Tochter sich so etwas Unheimliches ansah. Sie war bei kindgerechter Unterhaltung nämlich höchst konsequent. Vor ein paar Wochen hatte ich mir mit unserer Tochter nicht einmal den Zeichentrickfilm *Der kleine Vampir* im Kino anschauen dürfen! Dagegen stellte ich mir das Spektakel, das morgen anstand, eher wie ein *The Walking Dead* - Live-Programm vor. Bei dem Gedanken, wie Sabine auf die Frage reagiert hätte, ob Hannah dahin durfte, lachte ich auf und stellte mir vor, wie sie am Telefon nach Luft schnappte. Und unsere Kleine würde sich diese behaarten Teufel niemals freiwillig anschauen, dafür war sie viel zu ängstlich. Jup, das war gebongt, wir würden nicht hingehen! Alles war in bester Ordnung! Doch wenn ich meinen Kopf ausschaltete, dann war wieder einmal alles anders. Es war zu schade, dass ich Estelle nicht näher kennenlernen durfte. Ein seltsames Gefühl machte sich in mir breit, das mich an das Feeling eines trüben Jänner-Nachmittags erinnerte, wenn ich schon keine Lust mehr auf Winter hatte. Nur dass in Bezug auf Estelle und mich der Frühling niemals anbrechen würde. Mein Magen verkrampfte sich. Meinem Herzen, das sich nach der süßen Burgherrin sehnte, standen die Möglichkeiten, die die Realität bot, konträr gegenüber. Aber so war das Leben eben.

Estelle

Ich legte auf, rieb mir das Kinn und schaltete den Heizkörper aus. Obwohl ich mir ein bisschen mehr Enthusiasmus von Lars erhofft hatte, hatte seine Stimme so eine krasse Reaktion auf mich ausgeübt. Sie hatte diese leicht unterkühlte Schwingung und dieses tiefe, wahnsinnig sexy Timbre. Ich hatte mich wie ein Kontrabass gefühlt, dessen tiefste Saite von Lars gezupft worden war und alles zwischen meinen Knien und meinem Hals zum Vibrieren gebracht hatte. Dabei musste sich mein Herz völlig von meinem Gehirn losgesagt haben. Seit wann machten mich Männer an, die brummten wie eine Kühl-Gefrierkombination? Grrrrbrrrr! Sogar die kleinen Härchen auf meinen Unterarmen hatten sich bei dessen Klang wohlig aufgestellt. Und ich? Ich dagegen war leider total uncool gewesen und hatte ziemlich wirr und übereuphorisch dahergeplappert. Ich seufzte. Leider hatte ich generell Probleme damit, meine Gefühle zu verbergen. Aus Lars wurde ich überhaupt nicht schlau und das machte mich wahnsinnig. Bei unserer ersten Begegnung war er doch ganz lustig gewesen! Warum hatte er sich jetzt gar nicht gefreut, als ich ihn eingeladen hatte? Als hätte ich ihm vorgeschlagen, ein Wochenende alleine in unserem Burgverlies zu verbringen! Oder war das eine normale positive Reaktion eines raubeinigen Nordländers? In dem Liebesroman, den ich unlängst gelesen hatte, wurden die Nordlichter generell als sehr schweigsam und unzugänglich charakterisiert, man könnte sogar sagen, als verschlossen. *Du bist mir nicht ganz unsympathisch*, hatte der ostfriesische Protagonist im Liebesrausch seiner Angebeteten gestanden. Andererseits war das Buch eine Komödie gewesen und ich hoffte doch, dass sich die Begegnung von Lars und mir in eine romantische und nicht in eine komische Richtung entwickeln würde. Ich würde morgen Abend auf alle Fälle versuchen, den unterkühlten Lars aus seinem emotionalen Schlicksand zu locken. Ob die raue Schale der Miesmuschel zu knacken war? Und was verbarg sich darunter? Vielleicht könnte ich dem Kern ja morgen ein Stück näherkommen. Vorausgesetzt, er würde erscheinen.

Lars

»Hannah hat erzählt, dass ihre neuen Freundinnen morgen zu einem Krampuslauf auf diese Burg Ehrenfelsen gehen. Das hört sich so nett an, könntest du sie bitte da auch hinbringen?«, fragte meine Ex-Frau Sabine am anderen Ende der Leitung.

Was? Meine Schultern versteiften sich und ich sog die Luft ein. Klar, die Kinder mussten sich letzten Sonntag bei der Krippenspielprobe darüber unterhalten haben und daher kam Hannahs Wunsch, sich das Spektakel mit ihnen gemeinsam anzusehen. Jetzt hatte ich aber ein Problem! Oder vielleicht konnte ich das Ruder noch herumreißen?

»Unlängst habe ich ein YouTube-Video von so einem Perchtenumzug gesehen, das war alles andere als *nett*. Ich dachte, die Gestalten, die da herumhüpfen, sind aus einer Geisterbahn entlaufen! Sie haben die Zuschauer mit so einer Art Reisigbündel bedroht! Überall war roter Nebel und ohrenbetäubendes Kuhglocken-Gebimmel … für sowas ist Hannah doch noch viel zu klein. Und zu ängstlich!«, antwortete ich aufgebracht.

»Roter Nebel, Kuhglocken-Gebimmel und Reisigbündel?«, lachte Sabine. »Entschuldige, aber gerade hörst du dich echt seltsam an. Ich hab auch schon solche Bilder von Krampusaufmärschen gesehen. Dass das nur Show ist, durchschauen doch schon die Jüngsten. Außerdem sind die Perchten hinter einer Absperrung vom Zuschauerbereich getrennt!«

»Aber wird da nicht ein total überholtes männliches Rollenbild idealisiert? Wilde Männer, die bedrohlich aufstampfen, herumbrüllen und auf andere losprügeln? Findest du das nicht auch total abstoßend?«, gab ich mich in gespielter Empörung. Ich konnte es nicht fassen, dass sie diesem alpenländischen Gewaltexzess so offen gegenüberstand. Und den *kleinen Vampir* hatte sie uns verboten?

»Naja, ich denke, man sollte nicht immer alles so ernst nehmen und das ein bisschen wie eine Satire betrachten. Es ist ein alter Brauch in Österreich, gehört halt dazu. Aber du kannst ja selbst nochmal mit Hannah darüber sprechen.«

Ich hielt gespannt den Atem an, während ich im Hintergrund das Murmeln gedämpfter Stimmen hörte.

»Papa?«, hörte ich schließlich meine Tochter. »Gehen wir zu dem Krampuslauf? Isabel und meine anderen Freundinnen vom Krippenspiel werden auch dort sein. Bitte, bitte, biiitteeee!!«

Mein Herz schmolz dahin. Ihren sehnlichen Wunsch konnte ich ihr doch auf keinen Fall abschlagen. » Mmmhh. Von mir aus okay, aber bist du dir auch ganz sicher? Weißt du denn überhaupt, was ein Krampus ist?«, wollte ich meine Tochter ganz sanft manipulieren, um sie vielleicht doch noch umzustimmen. »Kannst du dich an das Warzenschwein erinnern, das wir letztens in deinem Tierbuch gesehen haben? Bei dem du gesagt hast, dass das voll gruselig ist? So ähnlich musst du dir den Krampus vorstellen, nur auf zwei Beinen, mit knallroten Augen und einem Fell, das so streng müffelt wie meine Tennissocken früher … Diese Typen schauen so schrecklich hässlich aus, dass sich nicht einmal die Halloween-Hexen auf die Straße trauen!«

Ich hörte meine Tochter am anderen Ende der Leitung fröhlich lachen. »Aber Papa, das sind doch nur Verkleidete, du brauchst dich nicht zu fürchten. Das wird sicher total lustig … Also dann bis morgen! Die Mama will dich jetzt noch einmal sprechen«, sagte Hannah und sie reichte das Telefon wieder an ihre Mutter zurück.

»Ist es nicht super, wie unternehmungslustig Hannah in letzter Zeit geworden ist? Als wäre sie endlich in Österreich angekommen! Sie redet fast die ganze Zeit von Isabel, Estelle und einem Lucky. Irgendwann möchte ich die auch alle kennenlernen. Diese positive Entwicklung müssen wir unbedingt unterstützen, findest du nicht? Ihr beide müsst dahingehen. Und ich kann dann morgen Abend Rolf im Hotel helfen, weil bei ihm auch einiges los sein wird. Er braucht mich ganz dringend.«

Daher wehte also der Wind. Deswegen stand Sabine dem Krampus-Spuk so offen gegenüber. Wie praktisch für sie, da hätte sie Zeit und könnte gleich noch mit Rolf im Schihotel eine Extraschicht im Chefin-spielen einlegen. Ich verkniff mir einen zynischen Kommentar und vereinbarte nur noch rasch die Abholzeit für den nächsten Tag. Dann verabschiedete ich mich knapp und legte auf.

Ich blies die Luft aus meinen Wangen. Das bedeutete also, dass ich nicht kneifen konnte. Aber kein Problem, weil es ja noch lange nicht gesagt war, dass Estelle und ich uns unter dem zu erwartenden Massenansturm überhaupt über den Weg laufen würden. Hannah würde sich nur bei ihren Freundinnen aufhalten wollen und ich konnte unauffällig im Hintergrund bleiben. Trotzdem beschleunigte sich mein Puls rasant, als ich an morgen Abend dachte.

Kapitel 9
Nikolaustag, 6. Dezember

Estelle

Ich schlüpfte in meinen warmen Mantel, trat vor die Tür und schloss den Souvenirladen ab. Trotz meiner dicken Bekleidung bekam ich Gänsehaut, als ich durch den schwach beleuchteten Burghof marschierte. Und das lag nicht nur an der feuchten Kälte der hereinbrechenden Nacht, sondern eher an den langen Schatten, die die spärliche Beleuchtung auf die dunkelgrauen mittelalterlichen Mauern warf. Manche der schwarzen Umrisse, die sich an den steinernen Wänden bildeten, ähnelten den Konturen der Dämonen, die hier bald zu Dutzenden auftauchen würden. Obwohl ich das Spektakel schon oft mitterlebt hatte, erfasste mich immer wieder ein gewisser Grusel, wenn es so weit war. Ich zog den Reißverschluss meines pinken Steppmantels ganz nach oben und schob mir die Kapuze über den Kopf. Meine Hände, die bereits in dicken Fäustlingen steckten, versenkte ich in den Taschen meines Umhangs. Da spazierte Papa an mir vorbei. Nanu, wo wollte er denn hin? Er marschierte gegen den Besucherstrom, weg von der Burg in Richtung jener Straße, die ins Tal hinunterführte. Mit ein paar schnellen Schritten holte ich ihn ein.

Ich tippte ihm auf die Schulter. »Junger Mann, wohin so eilig?«, rief ich scherzend.

Er fuhr herum. »Oh, hallo … Estelle. Ich … bin auf der Suche nach Charlotte.«

»Hm? Aber seid ihr denn nicht gemeinsam hergekommen? Wir sind doch mit Matthias und Leo beim Punsch-Stand verabredet«, antwortete ich und sah auf meine Uhr. »Vor genau zehn Minuten, ich bin etwas spät dran.«

»Ach so?«, fragte er und überlegte.

»Komm, dann suchen wir sie gemeinsam!« Ich hakte mich bei ihm unter und wir spazierten in Richtung Burgrestaurant, vor dem ein Getränkeausschank aufgebaut worden war. Hier wollten wir uns mit den anderen treffen. Heute war einer der traditionellen Höhepunkte des Winters und ich wusste, dass Papa dieses Fest besonders liebte.

»Das wird ein höllischer Spaß! Freust du dich?«, fragte ich.

»Natürlich, die Krampusse sind ja nur hinter den schlimmen Kindern her«, sagte er augenzwinkernd und ich stimmte in sein vergnügtes Lachen ein. Er hielt sich, wie wahrscheinlich alle Menschen, für ein ganz braves Exemplar.

Bei unserem Treffpunkt warteten bereits Matthias, meine Mutter und Vaters bester Freund Leo. Papa löste sich sogleich von mir, ging zu Mama und ergriff ihre Hand.

Leo lud uns auf eine Runde Punsch ein und ich ging mit ihm, um ihm beim Tragen der Getränke zu helfen. Danach erzählten Vater und sein alter Kumpel enthusiastisch, wie schrecklich die Krampusaufmärsche früher gewesen waren.

»Die Perchten wollten uns Burschen verprügeln und wir die Perchten. Von so einer Absperrung haben wir damals nur träumen können!«, krächzte Leo und zeigte auf das Metallgitter, mit dem ein Teil des Hofes vom Rest des Platzes abgetrennt worden war. Direkt dahinter, auf der Zuschauerseite, waren es zumeist mutige Teenager, die sich die besten Plätze gesichert hatten.

»Na siehst du, nicht alles war früher besser als heute«, neckte ich den langjährigen Freund meines Vaters, der auch gerne in Nostalgie schwelgte. Dann nahm ich meinen Punsch entgegen und wir prosteten uns zu.

»Auf die *Goldene Revue* und L. Krämer«, sagte ich mit gedämpfter Stimme zu Matthias und zwinkerte ihm zu, als wir mit unseren Getränken anstießen. Sollte dieser Schmierfink mich ruhig beim Feiern ablichten und über mich schreiben, was er wollte. Ich war zu dem Entschluss gekommen, dass ich mich wegen dieses Revolverblatts bestimmt nicht verbiegen würde.

Die rechte Augenbraue meines Bruders wanderte jedoch alarmiert in die Höhe. »Du wirkst so ... unternehmungslustig. Du bereitest doch nicht wieder einen Anschlag mit Kuhkacke vor oder so?«, raunte er mir zu.

Ich kicherte. Es war erschreckend, wie gut mein Bruder mich kannte. Tatsächlich hatte ich heute noch etwas vor. Dabei ging es aber nicht um Rache, sondern eher um Eroberung. Aber es war natürlich noch viel zu früh, um Matthias von meinem Schwarm aus Hamburg zu erzählen. Ich wusste ja nicht einmal, ob er heute kommen würde. »Keine Sorge, im Moment habe ich nichts dergleichen geplant. Außerdem würde ich doch nicht zweimal dieselbe Aktion durchziehen!«. Versonnen nippte ich an meinem Beerenpunsch und hörte wieder der Unterhaltung zwischen Leo und Vater zu, die sich mit Horrorgeschichten früherer Krampusläufe gegenseitig übertrumpften.

»Ich dreh mal eine Runde um den Platz«, sagte ich beiläufig zu meiner Familie, als ich ausgetrunken hatte. »Bis gleich.«

Unwillkürlich musste ich an Roxy denken. Was hatten wir früher am Nikolaustag doch immer für eine Gaudi gehabt.

Es waren schon etliche Besucher da, die sich um die Absperrung scharrten oder etwas abseits mit einem heißen Getränk warteten. Ob Lars mit seiner Tochter tatsächlich auch kommen würde? Mein Puls beschleunigte sich wie auf Kommando, als ich daran dachte, dass der attraktive Hamburger jeden Moment vor mir auftauchen könnte. Sofort erinnerte ich mich an seine hellgrauen wachen Augen und an seinen durchdringenden Blick, der in meinem Magen ein innerliches Funkensprühen ausgelöst hatte, als hätte ich eine brennende Wunderkerze verschluckt. Doch noch hatte ich ihn und seine Tochter nicht entdeckt. Dafür stieß ich auf Claudia, Isabel und Peter aus der Krippenspielgruppe, die nahe der Absperrung mit ihren Familien zusammenstanden.

»Estelle!« Als Isabel, die Busenfreundin von Lars' Tochter Hannah, mich sah, rannte sie auf mich zu und schlang ihre Arme fest um meine Mitte.

Lars

Es war achtzehn Uhr und stockfinster, als ich den Wagen auf dem ziemlich vollen Besucherparkplatz unterhalb der Burg Ehrenfelsen abstellte. Hannah zog mich ungeduldig an der Hand, es konnte ihr nicht schnell genug gehen, ihre Freundinnen wiederzusehen. Am Haupttor standen links und rechts des Eingangs zum Innenhof Feuerschalen, die einen schwefeligen Geruch verbreiteten und unsere Schatten wie überdimensionale Zerrbilder gegen die massiven Steinwände warfen. Jetzt schmiegte sich meine Tochter dann doch wie gewohnt an mich. Bei der Kulisse um uns herum musste ich an die Szene aus *Herr der Ringe* denken, in dem die Orks aus ihren modrigen Erdlöchern schlüpften. Die Burgmauern gaben das perfekte Bühnenbild für das kollektive Grauen ab, das in Kürze beginnen würde. Hinter einer Absperrung befanden sich schon etliche Menschen, die es nicht abwarten konnten, dass der Horror losging.

»Papa, wir müssen Isabel suchen«, rief meine Kleine, ergriff meine Hand und manövrierte mich durch die Menschenmenge. Heute hatte Hannah nicht einmal Miss Lotti, ihre Puppe, mitgenommen. Ich gab vor, auch nach den Freundinnen meiner Tochter Ausschau zu halten, versuchte aber in erster Linie Estelle zu erspähen. Wenn ich sie sah, musste ich einen Haken schlagen und mit Hannah in der Masse der Leute untertauchen. Lieber wäre ich einem Krampus mit Kuhglocke, Nebelgranate und allem Drum und Dran im dunklen Wald begegnet! Weil die Zeitungsente leider unwiderruflich zwischen uns stand. Durch meine Größe von einem Meter sechsundachtzig hatte ich einen halbwegs guten Ausblick über die Köpfe der Menschenmenge hinweg. Ich scannte die Massen wie ein CIA-Agent auf der Suche nach einem Staatsfeind. Allerdings hatten diese Security-Mitarbeiter sicher nicht so ein flaues Gefühl in der Magengegend, das sich wie ein erwartungsvolles Ziehen anfühlte. Mein Herz hoffte darauf, Estelle wiederzusehen und gleichzeitig fürchtete sich mein Kopf davor, da ich Sorge hatte, dass sie mein wahres Ich als Reporter der *Goldenen Revue* aufdecken könnte.

»Da ist sie!«, rief Hannah und deutete auf ein paar Leute direkt vor uns. Ich erkannte die kleine Isabel, die sich eng an eine Frau in einem auffälligen rosa Steppmantel geschmiegt hatte. Vermutlich ihre Mutter. Als wir uns der Gruppe von der Seite näherten, wurde mir augenblicklich höllisch heiß. Die Frau, an die Isabel sich so vertraut anlehnte, war Estelle!

»Hallo«, sagte sie und schaffte es mit diesem einen Wort, dass ich mich augenblicklich wie ein pubertierender Halbwüchsiger fühlte. Sie drückte Hannah zur Begrüßung an sich und zwinkerte mir zu.

Ich spürte, wie meine Lippen außer Kontrolle gerieten und sich zu einem dümmlichen Grinsen verzogen. Hannah begrüßte alle ihre Freundinnen und hakte sich dann zwischen mir auf ihrer Rechten und Estelle auf ihrer Linken zwischen uns ein. Isabel hatte sich am anderen Arm der Burgherrin eingehängt und danach folgten die weiteren Mädchen, die aufgeregt schwatzten. Fühlten sie sich so sicherer? Wir waren untrennbar zusammengebunden wie elektrische Kerzen an einer Lichterkette, die noch dazu unter Starkstrom standen, zumindest an meinem Ende. Schöne Bescherung!

»Habt ihr es ja doch noch geschafft herzukommen«, sagte Estelle und ihre vollen Lippen formten sich zu einem anmutigen Lächeln.

»Papa hat Angst vor rotem Nebel und dem Gebimmel von Kuhglocken«, hörte ich mein eigen Fleisch und Blut munter petzen, was Estelle ein engelsgleiches Lachen entlockte. »Das hab ich ja noch nie gehört«, meinte sie.

»Ich glaube, meine Tochter hat nicht verstanden, dass vorlaute Kinder vom Krampus mitgenommen werden«, antwortete ich und schaute mit zusammengekniffenen Augen zu Hannah hinunter, woraufhin sie vergnügt lachte. Danach ließ ich mich dazu verleiten, zur Burgherrin hinüber zu linsen, und zwar mitten in ihre Augen. Großer Fehler! Ähnliche Auswirkungen musste die Berührung eines elektrischen Kuhweidezauns auf maximaler Stufe haben, den ich als Hamburger Kind in meinem Leben allerdings noch nie gefühlt hatte. Ihr Blick ging mir durch und durch, bis in meine tiefsten Zellen und feinsten Äderchen, die wohlige klitzekleine Elektroschocks erlitten. Mir fiel auf, wie entzückend Estelle heute wieder aussah.

Wenn ich ein Künstler wäre, würde ich ein Porträt von ihr anfertigen wollen, um das unglaubliche Strahlen ihrer mahagonifarbenen Augen einzufangen. Außerdem hatten sich ihre Wangen hauchzart gerötet, was ich bezaubernd fand. Ob sie dieses Knistern auch fühlte, das permanent zwischen uns in der Luft zu liegen schien? *Unsinn*, rief ich mich selbst zur Ordnung. Es war einfach nur eine eisig kalte Nacht, die der Grund für die dezente Färbung ihres Gesichts war.

In diesem Moment dröhnten dumpfe Trommelschläge über den Hof. Eine Figur in einem schwarzen Umhang und mit einer Kapuze, die man aus Mittelalterfilmen vom Henker kennt, schritt mit einer Fackel im Takt des rhythmischen Klopfens über den abgesperrten Platz. In dessen Mitte war Holz aufgestapelt, das er mit einer theatralischen Geste anzündete. Die Flammen züngelten in die Höhe und auf einmal zogen rote Nebelschwaden durch die Luft. Die Kinder neben mir quiekten, obwohl sonst noch gar nichts zu sehen war. In diesem Moment erfüllten hundertfache metallische Töne die Atmosphäre. »Kuhglocken!«, rief ich halb triumphierend, halb schaudernd, denn ich rechnete nicht damit, dass gleich eine gefleckte Rinderherde um die Ecke käme. Am Eingang des Hofes tauchten die Silhouetten dunkler Gestalten aus dem Dunstschleier auf. In meinem Nacken stellten sich die feinen Härchen auf und die Finger meine Tochter krallten sich fest in meinen Unterarm. Die Mädchen kreischten so laut, dass ich sicher war, diesen Ton heute Nacht beim Einschlafen noch in meinen Ohren zu hören. Jetzt begannen die Zuschauer, die hinter uns standen, nach vorne zu drängen, um besser sehen zu können. Gleichzeitig wollten die, die ganz vorne waren, lieber nach hinten. Wir waren genau in der Mitte der gegensätzlichen Strömungen. Unsere Kette der Krippenspielgruppe über Estelle bis hin zu meiner Tochter und mir wurde wie eine Ziehharmonika zusammengeschoben.

Das Drücken und Schieben um uns herum bekam noch einmal eine neue Dynamik, als sich die ersten Krampusse näherten. Sie preschten an der Absperrung entlang und waren nur noch wenige Schritte von uns entfernt. Die Teenager, die Sekunden zuvor noch vor uns gestanden hatten, waren blitzschnell unter unseren Armen durchgeschlüpft und verschwunden. Deswegen standen jetzt wir in der vordersten Reihe und nur noch das zarte Absperrgitter trennte uns von der Krampushorde! Passend zum schrillen Geräusch in meinen Ohren, das zu einem Dauerton angeschwollen war, brannte sich jetzt auch noch folgender Anblick auf meine Netzhaut: Eine dunkelgraue Fratze mit tiefen Falten, langen Hörnern und blutunterlaufenen Augen. Kurz gesagt: die mit Abstand hässlichste Kreatur, die ich jemals in meinem Leben gesehen hatte. In ihrer Rechten schwang sie eine Rute, mit der sie gegen den metallischen Zaun drosch. Der Krampus war mir jetzt so nahe, dass ich die schiefen, abgebrochenen Zähne in seinem weit aufgerissenen Maul hätte zählen können. Hannah machte ein Geräusch, das sich der Tonlage einer Trillerpfeife annäherte. Sofort schob ich meine Tochter hinter mich und versuchte, mich auch schützend vor Estelle zu stellen, soweit das in der Enge zwischen den Leuten und der Abtrennung möglich war. Ich nahm wahr, wie sich Estelles Körper eng an meinen schmiegte und spürte: Ich war ihr Fels in der Brandung! Ihr Ritter! Sie presste ihr

Gesicht gegen meinen Arm. In dieser Sekunde wuchs ich mindestens noch einmal um zwei Zentimeter an Körpergröße und über meinen sich weitenden Schultern spannte meine Jacke. Estelle hatte sich in meinen Arm eingehängt und zwar bombenfest, wie ein Karabiner im Klettersteig. Ihre Berührung fühlte sich so höllisch gut an! Aufregend und heiß, sodass sich unter meiner Winterjacke die Hitze staute. Andererseits aber auch auf eine unerklärliche Weise vertraut, warmherzig und zärtlich. Was machte diese Frau nur mit mir? Schon mit ihrem ersten Blick damals auf dem Weihnachtsmarkt hatte sie mich in ihren Bann gezogen. Aber mit diesem Körperkontakt hier versetzte sie mich in Vollbrand. Von mir aus hätte die Krampus-Höllenshow am Burghof bis in alle Ewigkeit andauern können, denn gerade erschien sie mir wie der Himmel auf Erden.

Der Perchtenlauf ging unterdessen munter weiter. Rotgesichtige Teufel mit langen spitzen Zähnen und nach oben gebogenen Hörnern, blasse Fratzen mit dunklen Schatten unter eiskalten Augen und Dämonen mit funkensprühenden Fackeln zogen an uns vorbei und hauten mit den Ruten gegen das Absperrgitter, dass es nur so schepperte. Doch am gruseligsten war ein Dämon, der nicht wild und ungebärdig herumrannte, sondern langsam vor dem Publikum vorbeiging und ab und zu stehen blieb, um jemanden in der ersten Reihe mit seinen eiskalten Augen zu fixieren. Wie ein Psychopath, der überlegte, wo er den ersten Schnitt ansetzen soll. *Huuuuu!* Dabei hatte er einen emotionslosen Blick drauf, bei dem ich Gänsehaut bekam. Mit der Zeit nutzte sich der Grusel aber ein wenig ab und es wurde immer schwieriger, das Publikum zu schockieren. Hannah, Isabel und die anderen Mädchen wurden mutiger und wollten wieder zurück in die erste Reihe, von wo sie hinter der sicheren Absperrung aus die Perchten auslachten und sie mit frechen Grimassen ärgerten. Estelle und ich standen hinter ihnen. Nach wie vor Arm in Arm, wie mir gerade auffiel, obwohl die Schreckmomente vorüber waren, während derer sie sich am Anfang der Show an mich gedrückt hatte. Aber die Burgherrin machte keine Anstalten, sich wieder von mir zu lösen. Sie kuschelte sich immer noch eng an mich, was sich einfach großartig anfühlte. Wir standen einträchtig da und einen Moment lang legte ich meinen Kopf hauchzart an den ihren. Es konnte als zufällige Geste durchgehen, da ich leicht schief dastand, aber ich fühlte jeden Quadratmillimeter ihrer Haut an meiner. Der unvorstellbare Gedanke machte sich in mir breit, dass sie die Berührung vielleicht ebenso genoss wie ich? Unter normalen Umständen wäre ich der glücklichste Mann in Klagenfurt und Umgebung und hätte das gerne weiter ausgelotet, aber … das durfte ja nicht sein! Die Zeitungsente würde für immer zwischen uns stehen. Estelle ahnte nicht, wer ich war. Zwar hatte ich mich nicht bei ihr aufgedrängt und vorgegeben, jemand anderes zu sein, denn mein Beruf war ja bislang nie zur Sprache gekommen, aber dass sie Reporter von Boulevardzeitungen, und insbesondere die der *Goldenen Revue* verabscheute, war ja bekannt. Ich war nicht gut für sie, ich war ein gemeiner Maulwurf. Und vielleicht bildete ich mir ja nur ein, dass sie gerne mit mir auf Tuchfühlung ging. Möglicherweise war sie einfach nur ein ängstlicher Mensch und hatte mich vorgeschoben wie ein Kissen auf der Wohnzimmercouch, wenn eine besonders scheußliche Szene im Fernsehen läuft. Bei diesen Gedanken versteifte ich mich ein wenig in unserer einmütigen Position. Auf jeden Fall war es höchste Zeit, die Distanz wiederherzustellen. Mein Plan, Abstand zu ihr zu wahren, hatte ja heute nicht so gut funktioniert. Die ersten Schrecksekunden beim Beginn des Krampuslaufes und Estelles Berührungen hatten meine Beschützerinstinkte reflexartig geweckt und mich völlig aus der Bahn geworfen. Aber jetzt war ich wieder auf Schiene.

Prompt schien Estelle meinen Rückzug zu spüren und lockerte ihren Griff um meinen Arm. »Und, hab ich dir am Telefon zu viel versprochen?«, fragte sie.

»Du meinst, ob die Krampusse abscheulich genug sind? Sagen wir mal so: Ich könnte mir vorstellen, dass ich von ihnen träumen werde … jede Nacht in den nächsten zwölf Monaten«, antwortete ich, was sie prompt zum Kichern brachte. Mist, sie war genau der Typ Frau, der mir leider zu gut gefiel. Eine von der fröhlichen Sorte, die, die immer lacht sozusagen. Und für die ich eine riesengroße Schwäche hatte, so groß, dass ich sie am liebsten jeden Tag um mich haben wollte. Warum nur musste sie mir so sympathisch sein? Und das auch noch neben ihrem hammermäßigen Aussehen. Trotzdem oder gerade deswegen gab ich vor, mir mein Schuhband festbinden zu müssen und beugte mich zu meinem rechten Fuß hinunter, wobei sie mich endlich loslassen musste. Zum Glück hatte ich mir heute auch tatsächlich meine Schnürstiefel angezogen. Als ich mich wieder aufrichtete, drehte ich mich ihr frontal zu, so als ob ich ihr meine gesamte Aufmerksamkeit widmen wollte. Ein geschickter Schachzug, wie ich fand, denn so kam sie nicht mehr an meine Seite, um sich bei mir unterzuhaken.

»Welcher war deiner Meinung nach der schrecklichste?«, nahm sie das Gespräch wieder auf.

»Ganz klar der eine, der so langsam herumgegangen ist, der mit dem starren Blick«, antwortete ich und fixierte Estelle, dessen gruselige Stielaugen nachahmend. Prompt ließ sie ihr perlendes Lachen hören, das sich direkt um mein Herz legte und es auf und ab hüpfen ließ. Ich hüstelte, um gegenzusteuern.

»Genau! Der war auch mein Champion, der aussah wie ein irrer Serienmörder«, stimmte sie mir zu. »Wenn du von ihm träumst, hoffe ich für dich, dass das nicht in einer Raunacht sein wird. Schon davon gehört? Laut Brauchtumskalender sind das zum Beispiel die Thomasnacht am 21. Dezember oder die Christnacht am 24. Dezember. Außerdem zählen die Silvesternacht und die Dreikönigsnacht dazu.«

»Rau-Nacht?«, wiederholte ich die zwei Silben und schüttelte den Kopf. Noch nie gehört.

»Ja, eigentlich Rauch-Nacht, in der man das Böse ausräuchern soll. Außerdem kann man in diesen Nächten der Sage nach beim Träumen einen Blick in die Zukunft erhaschen!«

»Oh, das wäre ja dann echt blöd, wenn ich von so einem Krampus-Mörder träumen würde.«

Sie lächelte, worauf ich mein Verlangen unterdrücken musste, mich bei ihr unterzuhaken oder noch schlimmer, sie an mich zu drücken.

»Um das Böse fernzuhalten, soll man in diesen Nächten sein Haus ausräuchern, den Tieren geweihtes Salz verabreichen und keine Wäsche waschen. Nur um die wichtigsten Maßnahmen zu nennen«, erklärte sie mir mit gespielt ernster Miene und ihre Augenbrauen wanderten nach oben.

»Puh, ihr habt hier in den abgelegenen Kärntner Tälern aber ganz schön taffe Regeln … aber zumindest das mit der Wäsche bekomme ich hin.«

Während unseres Gespräches hatte sie den Abstand zwischen uns unmerklich verkleinert, obwohl wir jetzt nicht mehr im Gedränge standen. Doch ich war aufmerksam gewesen, hatte es bemerkt und war im selben Maße unauffällig vor ihr zurückgewichen.

In diesem Moment ging die Show weiter und der Nikolaus betrat die Arena. Sofort zogen die Krampusse ihre Köpfe und Schwänze ein, im übertragenen Sinn. Es war klar, wer hier der Chef war. Der Mann im roten Mantel mit dem wallenden weißen Bart und der Bischofsmütze vertrieb das Böse mit seiner bloßen Anwesenheit. Tja, so einen bräuchte man auch mal im wirklichen Leben! Die teuflischen Gestalten zogen sich zum Ausgang zurück und rotteten sich dort zusammen. Flankiert von zwei weißgewandeten Engelsmädchen begann der Nikolaus an der Absperrung entlangzuwandern und Süßigkeiten an die Kinder zu verteilen.

»Nur die braven Kinder!«, neckte ich meine Tochter erneut, die sich mit ihren Freundinnen direkt an der Absperrung aufgereiht hatte und dem guten Mann und seinen Engeln ihre Hände schon von weitem entgegenstreckte. Hannah drehte sich lachend zu mir um und verdrehte die Augen. Mit einer gewissen Genugtuung stellte ich fest, dass auch Estelles Mundwinkel sich zu ihrem verführerischen Lächeln hinaufbogen. Hach, es war so schade. Warum war es nur so verdammt schön, bei ihr zu sein?

Nachdem die Süßigkeiten verteilt waren, kehrten die Krampusse noch einmal alle in die Mitte des Hofes zurück. Unter frenetischem Applaus und Gejohle des Publikums nahmen sie schließlich ihre Masken ab. Darunter kamen verschwitzte junge Männer mit freundlichen, rosa gefärbten Gesichtern zum Vorschein, die fröhlich lachten und dem Publikum zuwinkten. Danach begannen die ersten Besucher, den Burghof zu verlassen. Andere holten sich Glühwein-Nachschub vom Burgrestaurant. Wir unterhielten uns noch kurz mit den Eltern von Hannahs Freundinnen, die sich nach und nach mit ihren Kindern auf den Heimweg machten. Die Kleinen sollten dringend ins Bett. Auch Hannah hängte sich gähnend bei mir unter. Meine Ex-Frau hatte mir schon eine SMS geschickt und erwartete unsere Tochter bereits in Rolfs Haus.

Estelle stellte sich zu uns und legte Hannah eine Hand auf die Schulter. »Dann sehen wir uns bei der nächsten Probe?« Es fühlte sich für mich an, als hätte sie zu mir gesprochen, aber ich schwieg.

»*Wir suchen ein Kind. Den Herrn und Heiland, den König Gottes, der aller Welt zur Freude heute geboren ist.* Was sagst du, Estelle, ich kann meinen ersten Satz schon! Bis zum Wochenende üben wir den zweiten«, versicherte Hannah und wippte auf ihren Zehenspitzen auf und ab, als könnte sie es nicht erwarten weiterzulernen.

»Wow, das ist ja toll! Ich freue mich sehr auf unsere nächste Probe am kommenden Sonntag«, sagte Estelle zu Hannah, warf aber mir einen Blick zu. So einen kurzen, tiefen, ganz speziellen, der nur mir galt. Oder war mein Kopf mittlerweile so schlimm verdreht, dass ich nicht mehr richtig sehen konnte? Flirtete sie wirklich auf Teufel komm raus mit mir? Das konnte doch nicht sein. Und das durfte auch nicht sein! Mensch Lars, reiß dich doch mal zusammen!

»Danke noch einmal, dass du uns zum Krampuslauf eingeladen hast. Es war wirklich toll. Man sieht sich.« Ich versuchte wieder, den unverbindlichen, distanzierten Tonfall aus dem Nachrichtenstudio zu treffen. Es war höchste Zeit zu verschwinden. Ich riss meinen Blick von der Burgherrin los, legte meinen Arm um Hannah und schob sie in Richtung Ausgang. Vielleicht konnte Sabine am Sonntag Hannah ja mal zur Abwechslung herbringen und ich somit weitere Begegnungen mit Estelle vermeiden. Auch wenn es das allerschönste war, das ich mir in meinem Leben vorstellen konnte.

Kapitel 10
Aus neu mach alt, 7. Dezember

Estelle

Ich stand im Souvenirladen und schaute aus dem Fenster in den Innenhof der Burg. Der Stall von Bethlehem für das Krippenspiel, an dem mein Bruder Matthias und zwei seiner Handwerker seit über einer Stunde arbeiteten, nahm unglaublich rasch Gestalt an. Nun gut, es war auch nur ein einfacher kleiner Bau, in seinen Maßen in etwa so voluminös wie ein großzügiges Carport. Unüberhörbar drang das Hämmern und Klopfen ihrer Werkzeuge zu mir. Weil gerade keine Kunden in meinem Shop waren, schlüpfte ich rasch in meinen rosa Mantel und ging hinüber, um mir das ganze aus der Nähe anzusehen. Dabei fiel mir wieder einmal auf, wie fleißig die Mitarbeiter meines Bruders waren. Die Absperrgitter, hinter denen wir die

Krampusse gestern Abend gesehen hatten, waren bereits wieder entfernt worden. Und es war noch nicht einmal Mittag. Als ich näherkam, konnte ich sehen, dass die Wände des Stalls schon angebracht waren und jetzt bereits die Balken des Daches befestigt wurden. Alles war so, wie es mein Vater uns anhand seiner Erinnerungen geschildert hatte. Beziehungsweise fast so.

»Was sagst du?«, fragte mich mein Bruder und hielt in seiner Bewegung inne. Mit seiner Rechten hatte er gerade ausgeholt, um einen weiteren Nagel in einen Balken zu treiben.

Ich zögerte. Wie sollte ich es sagen, ohne undankbar zu klingen? Immerhin machten sie sich hier so eine große Mühe. »Es ist echt toll, aber irgendwie … ich weiß nicht«, stammelte ich.

»Ich weiß, was dich stört. Es ist das Holz «, sagte er. »Es sieht ein bisschen nach Ikea aus, oder?«

»Ja richtig!« Genau das war es, was mir an dem perfekten Bau missfiel. Da hatte mein Bruder den Nagel wieder einmal auf den Kopf getroffen, im wahrsten Sinn des Wortes! Diesen Mangel, dass es zu perfekt war, würde man leider sogar in der schummrigen abendlichen Beleuchtung erkennen. »Es sieht viel zu schön und neu aus.«

»Tja, wir haben gerade keine alten Bretter, die stabil genug sind, um die Konstruktion aus gebrauchtem Holz sicher bauen zu können«, sagte mein Bruder. »Aber ist gar kein Problem, das können wir mit geringem Aufwand in einem Nachmittag nachbearbeiten und auf alt trimmen.«

»Ja wirklich, würde das gehen? Das wäre super«, freute ich mich. In handwerklichen Dingen war ich nicht besonders begabt, ganz im Gegensatz zu Matthias, der solche

Arbeiten mit seinen Leuten perfekt erledigte. »Ist das schwierig? Wenn es nicht zu kompliziert ist, würde ich das gern selbst machen, dann braucht ihr euch nicht auch noch darum zu kümmern.« Ich war froh, dass sie sich Zeit genommen hatten und wollte ihnen mit den Feinheiten nicht auch noch Arbeit machen. Ich wusste, dass sie im Winter das knappe Tageslicht für die Forstarbeiten im Wald nutzen mussten und deswegen eigentlich immer in Eile waren.

»Hm … das wäre vielleicht keine schlechte Idee. Obwohl wir dir notfalls zur Hand gehen, ist das wirklich nicht schwer und auch für Laien zu bewerkstelligen. Hast du vielleicht bei deiner Krippenspielgruppe Eltern dabei, die helfen würden? Dann wäre das eine perfekte Lösung. Mit ein wenig Nachbearbeitung des Holzes und einer dunklen Läsur könnte das richtig schön werden«, überlegte Matthias.

»Oh ja, da habe ich vielleicht jemanden!«, rief ich. Mein Herz klopfte sofort einen Takt schneller. Lars! »Da werde ich gleich mal bei der Person anrufen und nachfragen, ob sie Zeit hat«, sagte ich eilig. Ob er mir tatsächlich helfen wollen würde? Ich wippte auf und ab und konnte es nicht erwarten, das sofort herauszufinden. Eilig verabschiedete ich mich von Matthias und seinen Mitarbeitern und ging zum Souvenirladen zurück. Auf dem Weg gingen mir die Gefühle durch den Kopf, die ich für den blonden Deutschen hegte. Wie hatte ich mich gestern gefreut, Hannah und ihn auf unserem Krampusfest zu sehen! Seine wachen hellgrauen Augen unter den feinen blonden Brauen, sein kantiges, von einem sexy Bartschatten bedecktes Gesicht und seine tiefe Stimme hatten mir einen Moment lang ganz schön weiche Knie beschert. Danach hatte ich die ausgelassene Stimmung ausgenutzt, um mich bei ihm unterzuhaken und mich ein wenig an ihn anzulehnen. *Hach.* Ich seufzte unwillkürlich, als ich die Tür meines kleinen Ladens öffnete. Was war das für ein prickelndes Gefühl gewesen. Mitten im tiefsten Winter hatte es einen Schmetterlingswirbel gegeben, und zwar genau in meinem Bauch. Ich platzierte meine Hand auf meinen Magen, denn ich brauchte nur an die Berührung seiner starken Arme zu denken und schon war dieses kribbelige Gefühl wieder da. Ich hatte es genossen, mich an ihn anzukuscheln und mich von ihm beschützen zu lassen. Das hörte sich doof an, weil es natürlich keine echte Bedrohung durch die Krampusse gegeben hatte. Und ich brauchte auch keinen rettenden Ritter, es war ja nur ein gruseliger Spaß gewesen. Aber für meinen Plan, dem zurückhaltenden Nordlicht ein wenig näherzukommen, war es der perfekte Rahmen gewesen, der zunächst prima funktioniert hatte. Wenn die Umsetzung zugegebenermaßen auch etwas plump gewesen war, aber egal. Die Berührung hatte sich natürlich, fast wie von selbst, ergeben. Und sie hatte sich so schön angefühlt! Als ob mein Arm zu seinem Arm gehörte. Das klang schon fast theatralisch, so wie *bis dass der Tod euch scheidet*. Ich schüttelte den Kopf, um meine Gedanken zu stoppen. Nicht, dass ich mich als nächstes vielleicht noch in rosaroten Hochzeitsfantasien mit Lars als dem Hauptdarsteller ergehen würde. Bei dem Gedanken musste ich grinsen, denn ob der attraktive Deutsche mich auch mochte, war fraglich. Gegen Ende des Abends, als das turbulente Spektakel langsam vorbei war, war er wieder so reserviert gewesen, ähnlich wie beim letzten Telefonat. *Man sieht sich,* hatte er bei der Verabschiedung zu mir gesagt. Kein Lächeln und keine tiefen Blicke, die ich so sehr mochte. Dann hatte er sich einfach umgedreht und war mit seiner Tochter in der Menge verschwunden. Was war denn das gewesen? Lars verwirrte mich! Mochte er mich nun oder mochte er mich nicht? Schade, dass es im Dezember keine Margeritenblüten gab, die ich wie ein Orakel hätte befragen können. Aber mein Bruder Matthias hatte mir zum Glück vorhin den perfekten Vorwand geliefert, das vielleicht zu klären. Es war höchste Zeit, bei gemeinsamer handwerklicher Betätigung den wahren Gefühlen des zurückhaltenden Hamburgers auf den Grund zu gehen. Ich nahm mein Mobiltelefon aus meiner Tasche, tippte seinen Namen in die Suchfunktion meiner Kontaktliste und drückte das Anrufen-Symbol. *Lars wird angerufen ...* meldete mein Handy und mein Atem beschleunigte sich. Es tutete einmal, zweimal, ... fünfmal. Endlich! Es knackte, der Anruf wurde angenommen.

»Einen Moment bitte«, hörte ich Lars' tiefe Stimme, danach rauschte und tackerte es in der Leitung, als ob er bei Windstärke acht unterwegs wäre und seine Hand auf das Mikro drückte.

»Moin, Estelle«, hörte ich schließlich seine tiefe Stimme. Die Hintergrundgeräusche waren weg, aber sein Tonfall hörte sich irgendwie gepresst an, als ob er versuchte, ein leichtes Keuchen zu unterdrücken.

»Griass di, Lars. Wie geht's, gut geschlafen heute Nacht? Ich hoffe, du wurdest im Traum nicht von irgendwelchen zotteligen Gestalten mit schlechten Zähnen heimgesucht?«, fragte ich vergnügt. Der Klang seiner Stimme hatte spontan die Impression einer wolkenlosen Mai-Wetterlage in mir ausgelöst.

»Gott sei Dank nicht. Außer dem Sandmann war niemand bei mir. Und ich hoffe, bei dir auch nicht. Ähm … ich meine, ich hoffe, dass du auch gut geschlafen hast.«

Hihi! Machte er sich Gedanken darüber, mit wem ich die Nacht verbracht hatte? Ich lachte fröhlich. »Danke, wie ein Murmeltier! Sag mal, Lars … was machst du eigentlich beruflich?«

Schlagartig herrschte Stille, sogar das Keuchen war verstummt. War die Telefonverbindung unterbrochen? Nein … jetzt hörte ich dieses Schnaufen wieder. »Ist es was Handwerkliches? Ich … ah … ich will dir nicht zu nahetreten, aber ich … bei deiner … sportlichen Statur dachte ich, du machst was, wo die Schultern beansprucht werden«, sagte ich und hüstelte. »Das wäre nämlich toll, weil ich deine Hilfe so gut gebrauchen könnte, falls du ein wenig Zeit aufbringen könntest. Heute wurde nämlich der Stall von Bethlehem aufgebaut, für unser Krippenspiel. Und der schaut so funkelnagelneu aus, weil ganz frisches, helles Fichtenholz verwendet wurde, dass es auf alle Fälle nachbearbeitet werden muss. Damit es etwas älter und authentischer aussieht, eben der damaligen Zeit entsprechend. Und da wollte ich dich fragen, ob du mir dabei helfen könntest. Das wird auch bestimmt nicht lange dauern.«

»Oh, ja sicher!«, rief er prompt und hörte sich beinahe erfreut an. Na super, das war einfach gegangen! »Weißt du was? Das mache ich gleich am kommenden Sonntag, während ihr das Krippenspiel probt. Dann nehm ich alles, was man dafür braucht, gleich mit und dann ist es in Nullkommanichts erledigt«.

Oje, so hatte ich das aber nicht geplant. Ich wollte doch Zeit mit ihm verbringen, um unseren Flirt zu vertiefen und auszuloten, ob mein Interesse an ihm auf Gegenseitigkeit beruhte. »Ich wollte dir aber keineswegs die ganze Arbeit alleine aufbrummen, sondern mit dir ... dir halt eben helfen dabei.«

»Kein Problem, das mach ich ruck zuck, mit links«, sagte er.

»Okay, das ist ja sehr nett von dir. Dann sehen wir uns am Sonntag?«, sagte ich schließlich.

»Genau. Sonntag, 14 Uhr. Man sieht sich«, sagte er und legte auf.

Hm...das war jetzt nicht ganz optimal gelaufen. Dass Lars am Sonntag den Stall von Bethlehem bearbeiten würde, war natürlich toll. Aber dass das genau zur selben Zeit, in der ich bei den Kindern beschäftigt war, stattfinden würde, war natürlich echt doof. Andererseits aber auch klar, dass er die Wartezeit gleich nutzen wollte und nicht extra noch einmal an einem anderen Tag nach Ehrenfelsen tingeln wollte. Was mir auch nicht gefiel: Er hatte schon wieder *Man sieht sich* gesagt. Pfffff. In Österreich war das wie ein Codewort für: *Vielleicht sehen wir uns, ich glaube aber nicht. Und wenn doch, dann ist mir das schnurzpiepegal.* Diese Phrase würde man doch eher gegenüber seinem nervigen Chef, Lehrer oder Vermieter gebrauchen. Aber nicht zu einer Frau, auf die man sich freute. Oder in Norddeutschland vielleicht doch? Ob dieser Ausdruck in seinem Herkunftsland vielleicht als normaler Abschiedsgruß galt?

Kapitel 11
In Flammen, 11. Dezember

Lars

Heute war bereits der der dritte Adventsonntag. Für die kommenden Tage waren Schneefälle angekündigt, auf die sich Hannah riesig freute. Mittlerweile kannte ich den Weg nach Ehrenfelsen schon sehr gut. Erst ein Stück auf der Autobahn Richtung Osten, dann schlängelte sich die kleine Straße durch liebliche Ortschaften, an im Winterschlaf liegenden Feldern und zuletzt dichten Wäldern vorbei. Eigentlich eine schöne Strecke. Nach Weihnachten, wenn das Krippenspiel vorüber war, sollte ich diese Ecke Kärntens und die Burg Ehrenfelsen aber trotzdem weitläufig meiden. Auch wenn mir der Gedanke nicht gefiel.

Als beim letzten Telefonat mit Estelle die Sprache auf meinen Beruf gekommen war, hatte ich tatsächlich einen Moment lang Panik geschoben. Glücklicherweise hatte sie einen Handwerker und keinen Reporter der *Goldenen Revue* in mir vermutet! Vor lauter Erleichterung, dass sie keinen Verdacht bezüglich meines Jobs hegte, war mir die vorschnelle Zusage herausgerutscht, ihr bei der Umgestaltung des Holzverschlages zu helfen. Eine Sekunde später war mir bewusst geworden, dass das ziemlich dumm gewesen war. Denn dadurch hatte ich mich zum Helfen verpflichtet und blöderweise so eine Art Verabredung mit Estelle, auch wenn es nur ein Treffen zu einer Renovierungsarbeit beziehungsweise einem Freundschaftsdienst war. Dabei sollte ich mich doch fernhalten von ihr! Gottseidank hatte ich die rettende Idee gehabt, die Arbeit genau zur selben Zeit durchzuführen, in der sie selbst das Krippenspiel mit den Kindern probte. So hatte ich das lauschige Zusammensein mit der Burgherrin gerade noch abwenden können. Ihr unter Einhaltung der Distanz nahe zu sein, ohne mit ihr flirten oder in ihren Blicken versinken zu dürfen, wäre die Hölle auf Erden für mich. Und noch dazu dürfte ich mich wegen meines Berufes dabei nicht verplappern.

Wir hatten Ehrenfelsen erreicht und fuhren Richtung Burg. Im neuen Jahr sollten wir außerdem einen frischen Anlauf mit Hannah in ihrem Kindergarten in Klagenfurt unternehmen, der diesmal bestimmt funktionieren würde. Jetzt, wo Hannah sich langsam in Österreich einlebte. Dann hätte sie Freundinnen, die in ihrer Nähe wohnten und die sie jeden Tag treffen konnte, ohne dass wir uns extra ins Auto setzen mussten. Was mich betraf, war ich zuversichtlich, dass ich mein Umarbeitungsprojekt des Holzverschlages heute hinbekommen würde. Ich war jedenfalls so gut vorbereitet, wie es ging. Auf der Ladefläche meines Kombis befand sich eine große graue Kiste mit allen Utensilien, die ich laut YouTube benötigte, um Fichtenholz alt wirken zu lassen. In den vergangenen Tagen hatte ich genau recherchiert, wie das ging und alles Nötige besorgt. Mit Hilfe einer Bohrmaschine mit einem Drahtbürstenaufsatz müsste ich die Bretter so lange bearbeiten, bis sie wie durch Wind und Wetter gegerbt aussahen. Danach würde eine Behandlung mit einem Bunsenbrenner folgen. Nach dem Entfernen der verkohlten Fasern mit einer Drahtbürste sollten tiefe Riefen zum Vorschein kommen, welche auch typische Zeichen von altem Holz sind. Zuletzt würde mein Wundermittel zum Einsatz kommen: Mit einer Kaffee-Beize, die ich selbst nach einem Internetrezept hergestellt hatte, würde ich dem Fichtenholz einen schönen dunkelbraunen Farbton verpassen, nachdem es richtig alt und verbraucht erscheinen würde. Laut den Online-Experten wäre diese selbstangesetzte Mischung nämlich besser als jedes Mittel, das es für viel Geld im Baumarkt zu kaufen gab. Das würde bestimmt klappen!

***

Während Hannah mit ihren Freundinnen einen kleinen Esel putzte, der vor dem Holzkonstrukt aus einer Futterraufe fraß, inspizierte ich den nagelneuen Holzverschlag. Der war aber ganz schön groß! Da würde mein Kombi beinahe zweimal reinpassen. Ich legte den Kopf schief, verengte meine Augen und ahmte den Gesichtsausdruck nach, den der Sachverständige in unserer alten Hamburger Wohnung bei der Beurteilung der Schäden machte, die ich dort bei meinen Renovierungsarbeiten verursacht hatte. Die Arme verschränkte ich vor meinen Körper und sagte nichts. Dass mich Estelle für einen Handwerker hielt, war eigentlich skurril. Denn in Wirklichkeit hatte ich zwei linke Hände. In meinem alten Zuhause in Deutschland richtete ich damals so viel Chaos an, dass mir Sabine irgendwann verboten hatte, selbst aktiv zu werden.

»Diesen Stall von Bethlehem hat mein Bruder mit seinen Leuten vor ein paar Tagen für das Krippenspiel gebaut. Aber er sieht halt leider fabrikneu aus«, erklärte Estelle mir das Offensichtliche. Die weiße Pudelmütze, die sie trug, stellte einen hübschen Kontrast zu ihren kaffeebraunen Augen und den fröhlich bunten Haarspitzen dar, die unter der Kopfbedeckung hervorlugten. Ihre Hände hatte sie bei den frostigen Temperaturen in den Taschen ihres rosa Steppmantels versenkt. Beinahe hätte ich mich schon wieder in ihrem Blick verloren. Ich riss mich aber zusammen.

»Die Form des Baus ist super, leider ist der Farbton eine Katastrophe. Aber keine Sorge. Wenn ich damit fertig bin, dann schaut er wie reif für die Abrissbirne aus, das versprech ich dir.« Beim Blick auf die Burgherrin entglitten mir meine Gesichtszüge in ein weites Lächeln.

Estelle kicherte vergnügt. »Dann bin ich ja beruhigt. Genauso einen Experten wie dich hatte ich gebraucht, danke, dass du mir hilfst!«

»Ist kein Ding«, versuchte ich lässig zu antworten. Meine Stimme klang ein wenig rau und ich räusperte mich. »Ich fang dann einfach mal an.« Aus meiner Kiste holte ich meine neue Akku-Schlagbohrmaschine und steckte den Drahtbürsten-Aufsatz an.

»Gut, dann verschwinden wir lieber und machen unsere Probe heute unten beim Streichelzoo, damit Lucky sich bei dem Lärm nicht erschreckt«, sagte Estelle mit Blick auf den Esel. »Immerhin hat er die wichtige Aufgabe, Maria nach Bethlehem zu bringen.«

»Die Rolle des Esels ist ihm auf den Leib geschrieben«, witzelte ich und freute mich über das kleine Lachen, das ich Estelle damit entlockte. Was ich aber gleich bereute und ein ernstes, hochkonzentriertes Gesicht aufsetzte. Es war echt Zeit, dass sie wegging, denn mein Vorsatz, mich distanziert zu verhalten, geriet stets ins Wanken, sobald die Burgherrin in der Nähe war, und ich wollte sie dann nur noch lächeln sehen.

Endlich band Estelle den Strick los, an dem der Esel angebunden war und sie entfernte sich mit der Gruppe der

Kinder, die sich um Lucky scharten. Schließlich waren sie durch das Burgtor verschwunden.

Estelle

»In dieser Heiligen Nacht
Wurde uns der Heiland gebracht
Auf einfachem Stroh gebettet …
Ähmh … der Tag war gerettet?«

»Estelle?« Annette berührte mich an der Schulter. Ich zuckte zusammen. »Hast du mal den Text?«

Huch, wo waren wir stehengeblieben? Zum Glück hatte meine Schwägerin, die mir heute Gesellschaft leistete, aufgepasst, während ich taggeträumt hatte.

»Da«, sagte Annette und tippte auf die betreffende Passage in meinem Skript. *»Christenheit für immer gerettet«*, half sie Isabel über den kleinen Patzer und dann ging es auch schon wieder reibungslos weiter.

»Ist alles in Ordnung mit dir?«, fragte meine Schwägerin leise, um die Probe nicht zu stören.

»Ich habe ein schlechtes Gewissen, weil Lars oben ganz alleine an unserer Stall-Requisite arbeiten muss. Eigentlich sollte ich ihm helfen …«, flüsterte ich. Jetzt wäre es unpassend, Annette von meiner Schwärmerei für Hannahs Vater zu erzählen. Noch dazu, wo ich immer noch im Unklaren darüber war, ob er meine Zuneigung erwiderte. Sie zog ihre Augenbrauen hoch und musterte mich.

»Du meinst den großen Blonden, der oben die Wände des Stalls bearbeitet?« Ich nickte und hatte das Gefühl, dass meine Schwägerin in mir lesen konnte wie in einem offenen Buch. In dem würde dann stehen: *»Alles, was Estelle Ehrenfelsen in diesem Augenblick wollte, war, in den grauen*

Augen des raubeinigen Nordlichts zu versinken, Schmetterlinge im Bauch zu spüren und ungehemmt zu flirten.«

Sie nahm mir mein Skript aus der Hand. »Dann geh zu ihm hinauf und hilf ihm, wir müssen ja nicht beide hier sein. Das mit den Kindern schaffe ich schon. Ich habe Zeit, weil Maximilian gerade bei Oma und Opa ist. Und wenn wir mit dem Proben fertig sind, dürfen die Kinder noch die Ponys putzen, also kein Stress.«

Annette war die Beste! Voller Dankbarkeit drückte ich ihr einen Kuss auf die Wange, erklärte den Kindern, dass sie mich vertreten würde und machte mich auf den Weg.

Als ich näherkam, konnte ich die perfekten Risse und Kratzer schon von weitem erkennen, die Lars mit seinem Drahtbürstenschrauber im Holz hinterlassen hatte. Jetzt stand er mit dem Rücken zu mir und wühlte in der Kiste mit seinen Werkzeugen, die vor ihm auf dem Boden stand. »Wow, das ist ja mega!«, sagte ich. Er zuckte zusammen und verlor vornübergebeugt um ein Haar das Gleichgewicht.

»Oh Entschuldigung, ich wollte dich nicht erschrecken!«

»Zum Glück hatte ich den Flammenwerfer noch nicht an«, antwortete Lars mit starrem Gesichtsausdruck. Schweigend wandte er sich dem Bunsenbrenner in seiner Rechten zu, den er gerade aus der Kiste geholt hatte. Kein Augenzwinkern, kein schiefes Grinsen. Ui, jetzt war der brummige Hanseat wieder da! Warum nur war Lars manchmal so liebenswürdig und unterhaltsam, und kurz darauf so distanziert? Er drehte an einem Ventil an dem Gerät in seiner Hand, aus dem sofort ein Geräusch von herausströmendem Gas pfiff. Mit der Linken griff er in seine Jackentasche und holte ein Feuerzeug hervor. Er entzündete es mit einem Klick und hielt die Flamme an die Öffnung des Arbeitsgerätes. *Wummm.* Die Stichflamme, die herausschlug, war heftig und ich zuckte unwillkürlich zurück. An Lars erkannte man aber den Vollprofi, der alles im Griff hatte. Er war nur leicht zusammengefahren und drehte sogleich am Regler, bis die Flamme kleiner wurde und kontrolliert herauszüngelte.

»Seid ihr denn schon fertig mit der Probe?«, fragte er mich schließlich reserviert, was in mir aber einen totalen Bunsenbrenner-Effekt auslöste. Eine Hitzewelle erfasste mich, und das bei einem Grad unter null! Der Blick aus seinen grauen Augen, die mich unergründlich musterten, wirkten dabei wie ein Brandbeschleuniger. *Ruhig Blut,* rief ich mir selbst zu. Ich erklärte ihm, dass die Probe super lief und Annette jetzt bei den Kindern war.

»Ich möchte dir helfen, was kann ich tun?«, fragte ich. Lars schwieg und schaute unschlüssig drein. Falls der attraktive Deutsche sich über mein Hilfsangebot freute, dann hatte er echt ein riesiges Talent, das zu verbergen. Schließlich beugte er sich wieder hinunter zu seiner Kiste, griff mit der Linken hinein und entnahm ihr eine Drahtbürste, die er mir wortlos überreichte. In der rechten Hand hielt er nach wie vor den züngelnden Flammenwerfer.

»Damit könntest du die abgebrannten Fasern entfernen, wenn ich das Holz abgeflämmt habe. Danach kommt noch eine Beize drauf und dann sind wir fertig.«

Ich beobachtete, wie er gekonnt das erste Brett links unten ansengte. Er zeigte mir, wie ich die angekokelten abstehenden Holzreste danach wegschrubben sollte. Dabei war er nicht unfreundlich, aber ungefähr so herzlich wie die Durchsage am Villacher Hauptbahnhof, wenn sie eine Zugverspätung verkündete. Hm, hatte ich es mir tatsächlich nur eingebildet, dass Lars mich mochte? War das Funkensprühen und Flirten zwischen uns, das ich bei unseren bisherigen Begegnungen vermeintlich empfunden hatte, wirklich nur ein Hirngespinst gewesen? Womöglich lag zwischen uns doch nur ein klassischer Fall von einseitiger Schwärmerei vor. Wir gingen nebeneinander in die Hocke und ich unterdrückte ein Seufzen. Vermutlich hatte ich mich geirrt. Außerdem, wenn Lars tatsächlich so ein unwillkürlich schlecht gelaunter, grummelnder Sauertopf war, wüsste ich nicht, wie ich das auf Dauer aushalten sollte. Auch wenn seine ruppige Art auf eine eigene Weise anziehend auf mich wirkte, stand ich insgesamt aber doch auf liebenswürdige Worte, die dem Deutschen zwar auch über die Lippen kamen, man wusste aber nie, wann. Wie sollte ich mit solchen Stimmungsschwankungen langfristig fertig werden? Ich war heillos durcheinander. Eine Minute lang werkelten wir schweigend an den Brettern der unteren beiden Reihen vor uns hin.

»Oh, das schaut ja prima aus!«, sagte ich in die Stille, als ich das Ergebnis betrachtete. Das ließ sich echt sehen. Nach dem Feuer und dem Wegschrubben der Überreste, blieben dunkle Schnitte und Kratzer in den Platten über, die sie wie jahrzehntelang benutzt aussehen ließen.

Unvermittelt schaute Lars erst auf das Holz und dann hob er seinen Kopf, der nur eine Unterarmlänge von meinem entfernt war. Unsere Blicke verhakten sich. So nah war ich seinen Augen, deren Ausdruck auf einmal ganz weich wurde beim Krampusfest auch beinahe gewesen.

Außerdem nahm ich ein Funkeln in ihnen wahr, das mich ein wenig an Fotos erinnerte, die ich von der Elbphilharmonie gesehen hatte. Sie glitzerten, als würden sich Sonnenstrahlen an einem Sommertag in der hellgrauen Fensterfront des Hamburger Wahrzeichens spiegeln. Mein Puls hatte sich beträchtlich beschleunigt. Sein Blick pendelte zwischen meinen Augen und meinem Mund hin und her. Unmerklich hatten sich unsere Gesichter einander angenähert. Mittlerweile war seines nur noch eine Handbreit von meinem entfernt. Mein Herz stolperte dahin. Was wurde das denn hier gerade? Wollte er mich tatsächlich … küssen? Woher war dieser Stimmungswechsel so schnell gekommen? Warum in aller Welt war es mir nicht möglich, Lars' Signale richtig zu deuten? Egal! Ich hörte auf nachzugrübeln, schloss meine Augen und erwartete mit galoppierendem Herzen und leicht geöffnetem Mund die Berührung seiner Lippen. Alles in mir wollte diesen Kuss, und zwar sofort!

»Oh, Fuck«, rief Lars und stieß mich mit seinem ausgestreckten Arm um, sodass wir beide umfielen und rückwärts nebeneinander auf unseren Hinterteilen landeten. Direkt vor uns schlugen Flammen aus dem untersten Holzbrett. Er hatte wohl zu lange den Bunsenbrenner darauf gehalten und es hatte sich prompt entzündet. Lars sprang auf die Beine, zog blitzschnell seine nachtblaue Jacke aus und schlug damit erst auf die brennende Stelle ein, dann drückte er mit dem Stoff fest auf sie, bis er schließlich alle Flammen darunter erstickt hatte. Zum Glück war nur ein kleiner Bereich in Brand geraten. Es stieg lediglich noch ein wenig Rauch von der verkohlten Stelle auf. Lars entfaltete seine Jacke, hob sie hoch und betrachtete das große schwarze Brandloch, das sich darauf abzeichnete.

Mittlerweile war ich auch aufgestanden und besah ebenfalls den Schaden an seinem Kleidungsstück.

»Zum Glück hat deine Jacke den richtigen Ton«, sagte ich.

»Rußschwarz«, sagte er mit dem typischen trockenen Unterton in seiner tiefen Stimme. Ein strenger Geruch nach verbranntem Polyester lag in der Luft und eine dünne Rauchschwade stieg von dem guten Teil vor uns auf. Wir sahen uns an und einen Moment später lachten wir zur gleichen Zeit los. Das hatte etwas Befreiendes, als ob sich die Distanz, die Lars zwischen uns aufgebaut hatte, dadurch verringern würde.

»Um ein Haar hätten wir den Stall von Bethlehem abgefackelt«, sagte Lars und schlüpfte kurzerhand wieder in sein beschädigtes Gewand, nachdem er geprüft hatte, dass es nicht mehr gloste. »Aber keine Sorge, das wird bestimmt niemand merken, wenn wir mit der dunklen Beize drüber gegangen sind«, sagte er voller Zuversicht und beugte sich hinunter, um den Schaden an der Holzkonstruktion noch genauer zu begutachten.

»Ich bin gleich zurück«, sagte ich, denn ich hatte eine Idee. Rasch ging ich zu meinem Souvenirladen am Haupteingang der Burg.

Eine halbe Minute später kehrte ich mit einem kleinen roten Handfeuerlöscher zurück, den ich triumphierend hochhielt.

»Sehr gut, dann können wir ja jetzt weitermachen«, sagte Lars und grinste.

Wir arbeiteten weiter wie schon zuvor, nur hantierte Lars mit dem Brenner jetzt mit höchster Konzentration. Keine weiteren Blicke zu mir. Vielleicht hatte ich mir unseren beinahe-Kuss doch nur eingebildet? Das wäre ja schön peinlich. Zum Glück konnte er meine Gedanken nicht erahnen! Hatte nur ich die besonderen Momente, wie die tiefen Blicke und das wohlige Zusammenkuscheln beim Krampuslauf, als solche wahrgenommen? Ich war mir immer noch nicht sicher, woran ich bei ihm war.

Lars räusperte sich. »Eigentlich bin ich überrascht, dass du hier höchstpersönlich die Drahtbürste schwingst … überhaupt ist deine Familie anders, als ich mir Adelige vorgestellt hatte. Wenn ich an deinen Bruder denke, der den Stall mit seinen Leuten eigenhändig aufgestellt hat … «, sagte Lars.

»Du dachtest auch, dass wir elitärer leben, oder?« antwortete ich und lachte leise auf.

»Ja genau! Mit mehr Bediensteten, exklusiven Partys, Pferderennen und so … und außerdem hätte ich angenommen, dass eine Burgherrin wie du den Winter zumindest an der Cote d'Azur verbringt«, sagte Lars und warf mir einen kurzen Seitenblick mit einem kecken Augenzwinkern zu.

Obwohl er das absichtlich übertrieben formuliert hatte, musste ich das klarstellen. »Tja, die Familie Ehrenfelsen ist nicht Thurn & Taxis! Bei uns gibt es statt Champagner meistens Glühwein, statt ein edles Ross führe ich einen Esel spazieren und wir veranstalten Krampusläufe statt Dinnerpartys. Und es gibt jede Menge Arbeit. Neben den Führungen in der Burg haben wir laufend Veranstaltungen, außerdem betreiben wir den Souvenirladen, den

Campingplatz, das Burgrestaurant und die Land- und Forstwirtschaft. Die meisten Einnahmen daraus fließen allerdings in die Instandhaltung der alten Wehranlagen.« Während ich Lars all das erzählte, rubbelte ich mit der Drahtbürste weiterhin schwarze verkohlte Fasern vom Brett vor mir ab.

»Ich finde das alles sehr interessant. Tatsächlich bist du die allererste Burgherrin, die ich persönlich kennenlerne … und mit der ich einen Holzverschlag verunstalte«, sagte Lars und ich lachte vergnügt auf.

»Andererseits gibt es auch feudale Seiten in unseren Leben, wir haben viele opulente Feste, da müsstest du unseren jährlichen Herbstball mal erleben! Da fließt der Champagner in rauen Mengen! Es ist abwechslungsreich bei uns, und das mag ich sehr. So wie es für dich selbstverständlich ist, ein Handwerker zu sein, bin ich in dieser Burg großgeworden. Statt in einem Fotoalbum ist unsere Familie in einer raumfüllenden Ahnengalerie und einem meterlangen Stammbaum verewigt. Als Kind war die ganze Burg mein Abenteuerspielplatz. Wenn ich mit meinen Freundinnen Verstecken gespielt habe, konnten schon mal ein paar Stunden vergehen.« Ich zeigte zum Turm des Bergfrieds hinauf, dessen Spitze höher als jene der drei anderen Zinnen emporragte. »Da oben war mein allerliebstes Zimmer. Geborgener kann man sich als Kind nicht fühlen, glaube ich. Unsere Familie ist sehr eng verbunden und weit verzweigt, bis nach Frankreich. Und sie hält ganz fest zusammen.« Lars war ein guter Zuhörer. Während er weiter am Abflammen war, hatte er ab und zu seinen Blick gehoben, zu mir herübergesehen und genickt. Es war schön, ihm von mir zu erzählen. Jetzt hatten wir die unteren Lattenreihen bis zur Mitte bereits fertig und konnten uns, bequem und aufrecht stehend, an den oberen Teil machen.

»Dein Leben klingt sehr idyllisch«, stellte Lars fest. Seine tiefe Stimme, die sich so schön einfühlsam anhörte, bescherte mir prompt eine Gänsehaut auf meinen Unterarmen und animierte mich weiterzuerzählen.

»Was uns allerdings zu schaffen macht, ist die Presse. Du hast doch von dieser fiesen Story gehört, die vor einigen Wochen über mich in der Zeitung stand? *Estelle Ehrenfelsen: Droht jetzt der Absturz?*«

»Du musst mir davon nicht erzählen, wenn du nicht möchtest!«, rief Lars abrupt. Er unterbrach seine Arbeit und trat einen halben Schritt zurück, als würde er am liebsten davonlaufen. So sehr fühlte er mit mir, wie süß! Aber ich schüttelte den Kopf.

»Kein Problem«, sagte ich und berichtete ihm auch noch von dem Zeitungsbericht in der *Goldenen Revue* vor einem Jahr und was er für ein Beben in meinem Leben ausgelöst hatte. Denn mein Temperament war darauf mit mir durchgegangen und ich hatte mit meinem Freund Schluss gemacht und meiner besten Freundin die Freundschaft gekündigt. »Aber dieses Foto, das bei einer in Wirklichkeit harmlosen Tanzveranstaltung aufgenommen worden war, hatte ausgesehen, als würden sie sich küssen! Sowohl mein damaliger Freund als auch Roxy waren tödlich beleidigt, dass ich der Zeitungsente auch nur eine Sekunde lang Glauben geschenkt hatte. Um meinen nunmehr Ex-Freund, der sowieso permanent wegen irgendwas angerührt war, tut es mir nicht leid, aber um meine ehemals beste Freundin umso mehr. Sie blaffte mich wegen meinem üblen Verdacht an, obwohl *ich* doch eigentlich das Opfer dieser Intrige war! Ein Wort gab das andere ... und wir haben uns darüber so sehr zerstritten, dass wir keinen Kontakt mehr zueinander haben. Wir sind beide ziemliche Sturköpfe. Aber ich vermisse sie. Ich denke es wäre an mir, mich bei ihr zu entschuldigen, aber es fällt mir so verdammt schwer, über meinen Schatten zu springen«, gestand ich und ließ meine Drahtbüste sinken. Rasch wischte ich mir mit meinem Ärmel über meine Augen, um einer Träne zuvorzukommen, die sich zu lösen drohte. Über Roxy und unsere verlorene Freundschaft zu sprechen, wühlte mich auf, auch, wenn ich das sonst gerne mit einem lockeren Spruch hinunterspielte. Als ich zu Lars schaute, konnte ich in seinem Gesichtsausdruck totale Betroffenheit ablesen. Er sah mich sekundenlang stumm an.

»Tut mir leid, ich wollte dich nicht mit den Geschichten aus meiner verkorksten Vergangenheit quälen ... Lars?«

»Hm?«, fragte er. »Oha! Danke, jetzt wäre es fast noch einmal passiert! Heute habe ich echt ein Brett vor dem Kopf.« Rasch blies er die kleine Flamme aus, die aus der Stelle schlug, auf die er den Brenner schon wieder eine Spur zu lange gerichtet hatte. Mit dem Ding musste man echt aufpassen! Er zuckte entschuldigend mit seinen Schultern.

»Jetzt habe ich aber genug von mir erzählt. Was ist mit dir?«, fragte ich. »Wo trifft man dich am ehesten an?«

»Ich würde mich als den hemdsärmeligen, sportlichen Typ charakterisieren. Elitäre gesellschaftliche Anlässe mit steifem Frack und Champagnerflöten sind mir ein absoluter Graus! Man könnte sogar sagen, dass Kaviar, Opernabende und geschwollene Konversation meine Ehe ruiniert haben.« Sein amüsiertes Lachen, in das ich einstimmte, zeigten mir, dass er jetzt aber darüber hinweg war. »Meine Ex-Frau wollte sich unbedingt ausschließlich in den sogenannten besseren Kreisen bewegen. Und ich wollte das partout nicht, zumindest nicht andauernd. Die ungezählten oberflächlichen Smalltalk-Stunden waren wie vergeudete Lebenszeit unter Folter für mich. Als wir uns kennenlernten, hatte ich sie völlig falsch eingeschätzt. Damals war ich auf dem Weg an die Welt-Tennisspitze. Mir war nicht bewusst, dass ihre Ambitionen in die Richtung gingen, an der Seite eines erfolgreichen Spielers in die High Society aufzusteigen. Dieser Zwiespalt belastete unsere Beziehung und als ich meine Sportkarriere aufgab, verließ sie mich schließlich ein Jahr später. Jetzt ist sie mit einem Kärntner Hotelier zusammen, an dessen Seite sie in der ersten Riege der österreichischen Gesellschaft glänzt.«

Sein pointierter übertriebener Tonfall brachte mich zum Lachen. Unter seiner rauen Schale steckte ein witziger Mann mit einem komödiantischen Talent. So wie er es in unseren bisherigen Begegnungen schon ab und zu hatte durchblitzen lassen. Nur zeigte er seine humorvolle, charmante Seite leider nicht immer und präsentierte sich oft als nordländischer, spröder Brummbär.

»Und hast du mittlerweile ein gutes Einvernehmen mit deiner Ex-Frau?«, fragte ich.

Lars' Mine verdunkelte sich und er hielt seinen Blick starr nach vorn gerichtet. »Ganz im Gegenteil. Zwischen uns schwelt ein permanenter Rosenkrieg, den ich nur wegen unserer Tochter nicht ausbrechen lasse. Ich weiß selbst, dass das vor allem für Hannah schwer ist. Wahrscheinlich ist es ihr größter Wunsch, dass wir uns vertragen, wenigstens auf einer freundschaftlich-kameradschaftlichen Ebene. Sie wäre glücklich, wenn wir einen normalen Umgang miteinander pflegen könnten. Aber es ist so bitter für mich, dass ich Hannah für mein Empfinden seit der Trennung viel zu selten sehen darf. Und außerdem ist Sabine dann auch noch so weit von Hamburg weggezogen ... Und deswegen musste ich auch umziehen. Unser Umgang ist stark unterkühlt, um es positiv zu formulieren. Ich schaffe es kaum, ein normales Gespräch mit ihr zu führen, das ohne feindselige Kommentare verläuft, und beschränke die Gesprächsthemen deshalb auf Dinge, die unsere Tochter betreffen.«

Lars hatte jetzt die gesamte Fläche abgeflämmt und begann wieder in seiner Kiste zu wühlen, während ich die letzten Stellen mit der Drahtbürste nachbearbeitete. Er holte ein Einmachglas mit einer dunkelbraunen Flüssigkeit und zwei Pinsel hervor. Einen davon reichte er mir, schraubte den Deckel des Gefäßes ab, linste hinein und schnupperte daran. Der Geruch, der herausströmte, war weniger unangenehm, als dessen graubraune Farbe es vermuten ließ.

»Keine Sorge, wenn wir unsere Jacken darin marinieren, geht das problemlos bei der Reinigung wieder raus. Ist nur ein dünner Kaffeesud ... und nicht brennbar«, sagte er mit einem schiefen Grinsen und begann, den Bau mit der Mischung anzustreichen. Ich tat es ihm gleich. Das war einfach, die Flüssigkeit ließ sich schnell auftragen und die Konstruktion sah danach einfach super, nämlich mega abgenutzt aus.

»Aber ich wollte dich auch nicht mit meinen Geschichten langweilen«, nahm Lars das Gespräch wieder auf.

»Haha, langweilig wird es mit dir bestimmt nicht. Ich kann mich nicht daran erinnern, dass wir hier schon jemals den Feuerlöscher gebraucht hätten«, neckte ich ihn und registrierte sein amüsiertes, kehliges Lachen, bei dem sich mir wohlig die Nackenhaare unter meinem Steppmantelkragen aufstellten.

Nach einigen Minuten, in denen wir schweigend weitergepinselt hatten und wir bald an der letzten kleinen Seite des Stalles angelangt waren, musste ich aber zum vorigen Thema noch etwas loswerden. Hannah und er lagen mir nämlich am Herzen, wie mir nicht erst seit heute bewusst war. »Ich finde, du solltest dich mit deiner Ex-Frau aussprechen. Und dir ihre Seite mal anhören. Vielleicht schafft ihr es dann, dass ihr ein neues freundschaftliches Verhältnis aufbaut und es reicht dann vielleicht sogar ab und zu für einen gemeinsamen Ausflug oder ein Abendessen, das wäre für Hannah bestimmt das Allergrößte.«

»Ja, vielleicht schaffe ich das irgendwann ... Und dasselbe gilt für dich. Du solltest dich mit Roxy aussöhnen. Das wäre doch zu schade, wenn ihr eure Freundschaft wegen so einem Missverständnis verlieren würdet.« Lars' Stimme war sanft wie eine der Schneeflocken, die just in diesem Moment vom Himmel fielen und sich auf unseren Köpfen niederließen. Wir hoben unsere Gesichter. Der Himmel über uns war voller tanzender, wirbelnder kleiner Kristalle, die sich in der Luft drehten und unablässig auf uns herunterfielen.

»Juhu.« Gerade traten die Kinder, die sich auch über die weiße Überraschung von oben freuten, mit Annette durch das Burgtor ein. Im Gespräch mit Lars hatte ich komplett die Zeit vergessen, die Dämmerung hatte bereits eingesetzt und bald würde es finster sein. Wenigstens waren wir mit unserer Arbeit gerade fertig geworden.

»Wow, das habt ihr richtig toll hinbekommen, der Stall ist nicht wiederzuerkennen!« Annette bewunderte unsere Arbeit und machte sich dann auf die Suche nach Matthias und ihrem Sohn Maximilian.

Während die Kinder eines nach dem anderen von ihren Eltern abgeholt wurden und ich alle verabschiedete, packte Lars seine Utensilien wieder in die Werkzeugkiste. Schließlich nahm er sie hoch und wandte sich mit Hannah zum Gehen.

»Man sieht sich«, sagte ich zu ihm. »Und zwar bei den nächsten Proben. Vielen Dank für deine Hilfe, Lars«.

»Jo!«. Er zwinkerte mir zum Abschied zu und folgte Hannah über den Burghof Richtung Ausgang. Mein Herz klopfte wehmütig, als ich seine großgewachsene Gestalt neben der seiner kleinen Tochter durch das Burgtor verschwinden sah.

Kapitel 12
Raunächte, 21. Dezember

Lars

Nachdem am vergangenen vierten Adventsonntag eine weitere Krippenspiel-Probe stattgefunden hatte, befanden wir uns heute auf dem Weg zur Generalprobe. Bei dem Gedanken, dass ich Estelle in Kürze wiedersehen würde, richtete ich mich kerzengerade in meinem Sitz auf und hätte das Gaspedal am liebsten bis zum Anschlag durchgetreten. Aber ich musste langsam fahren, denn nach der Abfahrt von der Autobahn zuckelten wir zeitweise auf Schneefahrbahnen dahin, und links und rechts türmten sich hohe Wechten. Seit dem Nachmittag, an dem ich um ein Haar den Stall von Bethlehem abgefackelt hätte, hatte sich etwas in mir verändert. Ich konnte und wollte Estelle nicht mehr die kalte Schulter zeigen und schämte mich dafür, es zuvor getan zu haben. Obwohl ich damals dafür gute Gründe gehabt hatte. An diesem denkwürdigen Nachmittag hätten wir uns beinahe sogar geküsst! So nahe waren wir uns noch nie gewesen, nicht einmal beim Krampusfest. Unsere Lippen waren nur eine Handbreit voneinander entfernt gewesen. In den Momenten hatte ich trotz der dicken Winterbekleidung ihren wunderbaren Duft wahrnehmen können, denn auf einmal war die Luft um mich herum von süßem, leichtem Frühlings-Fliedergeruch erfüllt gewesen. Der dann allerdings abrupt von flammenden Rauchschwaden vertrieben wurde und die romantische Stimmung verdorben hatte. Eigentlich ein großes Glück. Oder doch nicht? Seit diesem Nachmittag hatte Estelle mein Herz unwiderruflich in ihrer Hand. Unsere anschließende Plauderei am Holzgerüst, während wir arbeiteten, war so vertraut gewesen, als würden wir uns seit Ewigkeiten kennen. Ich konnte mich nicht erinnern, dass ich die Gesellschaft einer Frau jemals so genossen hatte. Der Blick aus ihren dunkelbraunen Augen, der bisweilen keck und manchmal warmherzig war, ihr fröhliches Lachen und ihre weiche Stimme, mit der sie mich oft neckte, begleiteten mich seither immerzu in Gedanken und ich musste mich noch mehr zusammenreißen, um mich während des Arbeitstages auf das Schreiben meiner Artikel konzentrieren zu können. Diese bereiteten mir zunehmend Magenschmerzen.

In diesem Moment musste ich den Wagen abbremsen und die schneebedeckte kurvenreiche Strecke durch den Wald besonders langsam nehmen, um nicht ins Trudeln zu geraten. Die Tannenbäume sahen pittoresk aus, als wären sie mit Zuckerguss überzogen. Prompt wurde ich an die Reportage erinnert, die mir meine Chefredakteurin in Aussicht gestellt hatte und die mein einziger beruflicher Lichtblick war. In einer Woche sollte ich nämlich über das Weltcup-Schispringen in Villach schreiben, das wäre endlich mal wieder eine Story nach meinem Geschmack! Trotz dieses Highlights hatte sich in den letzten Tagen ein Entschluss in mir geformt. Ein weitreichendes Vorhaben, über dessen genaues Timing ich mir selbst allerdings noch nicht im Klaren war. Ich musste Estelle die Wahrheit sagen! Und mir so bald wie möglich einen anderen Job suchen. Estelle war der Überzeugung, dass ich ein Handwerker sei, obwohl ich das selbst nie von mir behauptet hatte. Allerdings hatte ich ihre Annahme niemals richtiggestellt und sie bewusst in dem falschen Glauben gelassen. Würde sie mir verzeihen, wenn ich ihr die Wahrheit gestehen würde? Ich hoffte es so sehr! Würde sie sich nicht furchtbar hintergangen und verarscht fühlen, wenn sie erfuhr, dass ich in Wirklichkeit einer von den Schmierfinken der *Goldenen Revue* war? Und sogar höchstpersönlich den zweiten verleumderischen Artikel über sie verfasst hatte, wegen dem sie so wütend gewesen war? Irgendwo in mir drinnen war die unglaubliche Hoffnung, dass sie meine Beweggründe verstehen und mir vergeben würde! Zu der Zeit, als ich die Story schrieb, hatte ich meinen Job bei der *Goldenen Revue* unbedingt behalten wollen, weil ich zu der Zeit nichts mehr im Leben liebte als das Schreiben. Von Hannah abgesehen natürlich. Außerdem hatten Estelle und ich uns noch kaum gekannt! War es vielleicht doch möglich, dass wir entgegen aller Wahrscheinlichkeit ein Paar werden konnten? Bei dem Gedanken geriet ich ins Träumen, während wir durch das tief verschneite Ehrenfelsen fuhren. Wie gerne würde ich ihr meine Geburtsstadt Hamburg zeigen und sie meinen Eltern und den alten Freunden vorstellen! Umgekehrt würde ich gerne Kärnten und Österreich besser kennenlernen und nichts wäre schöner, als das an ihrer Seite tun zu dürfen. Das stellte ich mir absolut herrlich vor! Es hatte sich herausgestellt, dass wir uns viel ähnlicher waren als gedacht. Sie war keineswegs die verzogene High-Society-Göre, die auf der Überholspur des Lebens dahin bretterte, wie ich vor unserem näheren Kennenlernen vermutet hatte. Und mittlerweile war ich sicher, dass sie mich auch mochte, so wie ich sie! Denn sie suchte immer wieder meine Nähe, wir hatten Spaß miteinander und konnten uns auch super unterhalten. Bei unserem Beinahe-Kuss hatte sie keineswegs ihr Gesicht weggedreht, sondern ihre Augen geschlossen. Sie hatte es also bestimmt auch gewollt, oder nicht? Wie wäre es, sie tatsächlich in die Arme zu nehmen und ihre Lippen mit meinen zu berühren? Dieser Gedanke ließ meinen Puls sprunghaft ansteigen und erschien mir wie eine unverhoffte Abzweigung ins Paradies, weg von der trostlosen Einbahnstraße, auf der ich in meinem Leben momentan sonst unterwegs war. Ich umfasste das Lenkrad fest mit beiden Händen. Kaum wagte ich darauf zu hoffen, dass mir solch ein Glück beschieden sein könnte. Der Weg zu Estelle würde kein einfacher sein, denn er führte direkt an der Wahrheit vorbei, trotzdem musste ich ihn gehen. Aber wann sollte ich mein Geständnis vorbringen? Und wie? So bald wie möglich, gleich nach Weihnachten. Vorher ging das nicht, denn ich wollte ihr das Fest, das sie mit so viel Liebe vorbereitete, auf keinen Fall verderben.

Wir erreichten den Parkplatz unterhalb der Burg, der großteils vom Schnee geräumt war. Hannah riss die Tür auf und sprang aus dem Auto, kaum dass es zum Stehen gekommen war.

»Ich laufe voraus«, rief sie mir noch zu und Sekunden später sah ich nur noch die Rückseite ihres roten Schneeanzuges, in den ihre Mutter sie gesteckt hatte. Sie gehörte mittlerweile schon so fest zu dem Freundeskreis der Ehrenfelsener Kinder dazu, dass man meinen könnte, sie würden sich schon seit Jahren kennen.

Ich folgte ihr langsam die letzten Schritte zur Burg hinauf. Mittlerweile dachte ich keineswegs mehr daran, Hannah nur abzuliefern und mich danach wieder zu verziehen, wie am Anfang. Seit Tagen freute ich mich darauf, Estelle wiederzusehen.

Als wir uns dem Stall von Bethlehem näherten, der so alt und klapprig wirkte, als würde er jeden Moment zusammenbrechen, sah ich sie. Die Burgherrin stand in ein Gespräch mit einer anderen Frau vertieft vor dem Holzbau. Als Estelle mich sah, winkte sie mir übermütig zu. Ich ließ mich zu einer Erwiderung hinreißen und in meinem Bauch hoben die Schmetterlinge ab. Die beiden Frauen waren augenscheinlich etwa im selben Alter und aufgrund der Art, wie sie miteinander lachten, nahm ich an, dass sie sich gut kannten.

»Das ist er«, sagte die Burgherrin laut und deutlich, als ich nur noch wenige Schritte von ihnen entfernt war.

»Ja, ich gebe es zu, ich war es. Aber Estelle hat mich darum gebeten. Sie hat sogar mitgemacht!«, sagte ich und klopfte mit dem Knöchel meines Zeigefingers gegen den obersten angekohlten Holzbalken, als ob ich dessen Stabilität prüfen musste. Estelle schmunzelte und strahlte mich an, sodass ihre geraden, weißen Zähne hervorblitzten. Am liebsten hätte ich sie in meine Arme genommen, sie hochgehoben, mich mit ihr im Kreis gedreht und sie bis zur Besinnungslosigkeit geküsst. Das konnte ich gerade nicht, aber ich erwiderte ihr Lächeln von Herzen.

»Ja, das ist wahr, den schönen Holzverschlag haben wir gemeinsam verunstaltet«, sagte sie mit einem kecken Grinsen. »Und bei der Gelegenheit hat Lars mir ins Gewissen geredet, dass ich mich endlich bei dir melden soll. Lars, das hier ist Roxy«, sagte sie. Also das war ihre ehemals beste Freundin, über die wir uns bei unserem gemeinsamen Arbeitsnachmittag unterhalten hatten. Mit der sie sich wegen der Zeitungsente zerstritten hatte. Gottseidank, anscheinend war zwischen den beiden jetzt alles wieder im Lot!

»Danke Lars, das hast du prima gemacht! Wir sind leider beide ziemliche Dickköpfe«, sagte Roxy, legte den Arm kumpelhaft um Estelle und drückte sie an sich. »Nachdem Estelle vorgestern unvermittelt bei mir zu Hause aufgetaucht ist, sind wir uns sofort in die Arme gefallen und haben danach ohne Pause vier Stunden lang miteinander gequatscht! Und dabei haben wir erst einen Bruchteil von dem aufgearbeitet, was wir in den vergangenen Monaten voneinander versäumt haben!«

Ich freute mich riesig für sie, dass sie sich ausgesprochen hatten. Ein wenig von dem Chaos, das die *Goldene Revue* angerichtet hatte, war somit wieder beseitigt.

»Also, Lars, ich kann es dir nur empfehlen. Wenn selbst ein Sturschädel wie ich es geschafft hat, die Hand zur Versöhnung auszustrecken, dann schaffst du es auch!«, sagte Estelle und spielte auf meine vertrackte Situation mit meiner Ex-Frau Sabine an.

»Na, mal sehen …«, antwortete ich ausweichend, denn ich fühlte mich noch nicht so weit, auf sie zuzugehen. Vielleicht aber im neuen Jahr?

Meine Aufmerksamkeit wurde von einer Feuerschale auf sich gezogen, die auf dem Boden vor dem Bau stand und in der ein kleines Feuer brannte.

»Muss ich mir Sorgen um meine neue Jacke machen?«, fragte ich und schaute Estelle mit einem herausfordernden Grinsen an. Sie erwiderte es prompt, trat zu mir und zog mich neckend am Ärmel meines schwarzen Winterparkas, den ich mir vor einer Woche zugelegt hatte.

»Keine Sorge, heute wird bestimmt kein Feuer außer Kontrolle geraten«, sagte Estelle vergnügt und berührte mich sanft am Ellenbogen. Wir sahen uns an und unsere Blicke verhakten sich. Mein Puls beschleunigte sich und mein Mund war auf einmal staubtrocken. Da räusperte sich Roxy, als ob wir ihre Anwesenheit vergessen hätten und sie nun auf sich aufmerksam machen wollte. Sie ließ ihre Augenbrauen mit einem wissenden Grinsen nach oben wandern.

»Wie wäre es, wenn wir dann mal anfangen? Sonst geht das Feuer in der Schale wieder aus, ehe wir begonnen haben!«, sagte Roxy lachend und zwinkerte uns fröhlich zu.

»Klar, ich habe alles dabei«, antwortete Estelle und fischte aus einer Umhängetasche ein paar Tiegel in der Größe von Marmeladengläsern.

»Heute, am 21. Dezember, ist mit der längsten Nacht des Jahres auch die wichtigste der sogenannten Raunächte. Früher glaubten die Menschen, dass das Böse in dieser Nacht besondere Kräfte habe. Aber sie hatten auch ein Gegenmittel: das Ausräuchern! Natürlich machen Profis das nicht mit Polyester, so wie Lars und ich letztens, sondern mit der richtigen Kräutermischung. Die besteht aus Waldmeister, getrocknetem Fliegenpilz, Beifuß, Angelikawurzel, Weihrauch und Myrrhe. Ein alter Freund von Roxy und mir, der ein richtiger Hexer ist, schwört darauf und gab mir das Rezept.« Dabei zwinkerte sie mir schelmisch zu.

Während Estelle die kleinen Einmachgläser auf dem Boden ausbreitete und die Deckel abschraubte, fischte Roxy mit einer Zange ein kleines Stück glühende Kohle aus der Feuerschale. Sie platzierte es in einem faustgroßen Räucherschälchen aus Messing, das Estelle ebenfalls aus ihrer Tasche geholt hatte.

Die Freundinnen entnahmen abwechselnd jedem Behältnis ein kleines Stückchen seines Inhaltes und legten es auf den glimmenden Brennstoff. Danach setzte Estelle den Deckel darauf, aus dessen Öffnungen im orientalischen Stil es sofort heftig herausrauchte. Ein würziger Duft erfüllte die Luft.

»Perfekt«, sagte sie zufrieden und hob das qualmende Gefäß vorsichtig hoch. Dann folgten wir ihr in den Stall von Bethlehem, wo sie das Räucherschälchen in der Mitte hin und her schwenkte und in jeder Ecke Rauch aufsteigen ließ. Die Rauchentwicklung war dann aber doch ziemlich stark und der Geruch ebenso, sodass ich den Bau verließ und mich hustend ein paar Schritte entfernte. Wie die beiden diesen Dunst nur aushalten konnten?

»Starkes Zeug! Wenn das das Böse nicht vertreibt, dann weiß ich auch nicht!«, sagte ich und versuchte vergeblich, den Reiz in meinen Lungen zu unterdrücken. »Hast du mir nicht erzählt, dass die Träume, die man heute Nacht hat, einen Blick in die Zukunft verheißen würden?«, erinnerte ich mich an das, was Estelle mir am Nikolaustag erzählt hatte.

»Richtig«, antwortete sie. »Deswegen wünsche ich euch ganz besonders angenehme.«

»Und ich euch auch«, antwortete ich und hoffte, dass Estelle und ich dieselbe Traumvision hatten. Vielleicht eine, in der wir uns küssten? Das wäre absolut perfekt!

***

Nach der Krippenspiel-Generalprobe, bei der auch der Pfarrer und der Ehrenfelsener Kirchenchor anwesend waren und während der der komplette Ablauf durchgeprobt wurde, kehrte ich spät abends in meine kleine Klagenfurter Wohnung zurück.

Als ich in derselben Nacht von einer dunklen Gestalt träumte, die mir in einem tief verschneiten Wald zuwinkte, tat ich am darauffolgenden Morgen das ganze alte Brauchtum als dummen Aberglauben ab.

Dafür war am Morgen aber mein Entschluss gereift: nach dem Heiligen Abend würde ich bei der nächstbesten Gelegenheit reinen Tisch machen und Estelle alles beichten.

Kapitel 13
Heiligabend, 24. Dezember

Estelle

»Habt keine Angst, denn ich bringe eine Nachricht der Freude! Heute wurde euch in einem kleinen Stall der Retter geboren. Da werdet ihr ein Kind finden. Es ist in Windeln gewickelt und liegt in einer Futterkrippe«. Ich murmelte den Text des Engels lippensynchron mit. Wahnsinn, wie super die Kinder ihre Rollen draufhatten und mit wieviel Überzeugung sie spielten! Wer hätte das vor einigen Wochen gedacht. Ich hatte mich bei meinem Vater untergehakt und lehnte meinen Kopf gegen seine Schulter. Dick in wärmende Decken eingewickelt saßen wir in der vordersten Reihe auf den Stühlen, die wir für die betagteren Gäste aufgestellt hatten. Ich gehörte zwar nicht zu den Älteren, aber in diesem Moment musste ich einfach neben meinem Papa sitzen. Als ich in sein Gesicht blickte, sprach es Bände. Seine Augen leuchteten lebhaft und fröhlich, als würde er jedes Wort mitfühlen und erleben. Konnte ich da sogar einen Schimmer sehen? Still drückte ich seinen Arm und er den meinen zurück. Er erlebte diesen Moment mit allen seinen Sinnen, die ihn in letzter Zeit öfter im Stich ließen. Es war genauso, wie Matthias und ich es uns erhofft hatten. Die Vergangenheit hatte ein Rendezvous mit der Gegenwart. Als der Chor abschließend *Stille Nacht* als letztes Lied dieser Vorführung anstimmte, wurde die elektrische Be-

leuchtung abgestellt. Es war komplett finster, bis auf den flackernden Schein der Kerzen eines riesigen Weihnachtsbaumes, der neben dem Stall von Bethlehem aufgestellt worden war. Es war eine unvergleichlich feierliche Szene, die genauso war, wie Papa es immer geschildert hatte. Die Stimmen des Chors und die der an die hundert Gäste, hallten durch den Innenhof der Burg und wir erlebten den magischen Moment, von dem er uns so oft vorgeschwärmt hatte. Die kleinen Härchen auf meinen Unterarmen richteten sich auf und meine Kehle verengte sich vor Rührung. Ich drückte mich an den Arm meines Vaters und versuchte, mir den Augenblick einzuprägen. Es war herrlich. So viele Bewohner aus Ehrenfelsen waren gekommen und ließen einen alten Brauch wieder aufleben. Ich linste zu Lars hinüber, der auf der linken Seite stand und seine Tochter beobachtete. Wie alle kleinen Darsteller machte sie ihre Sache hervorragend. In Lars' sanftem Gesichtsausdruck konnte ich den Stolz erkennen, die er für seine Tochter empfand. Und seine Fürsorge. Ab und zu hatte er mich auch schon ähnlich liebevoll angesehen. Auch einige kleine Berührungen gab es zusätzlich zu den tiefen Blicken, in denen ich am liebsten wie ein Komet mit anschließender Verschmelzung versunken wäre.

Soeben ging die letzte Strophe zu Ende und nach einem Moment absoluter Stille, in der der letzte Ton nachklang, wurde es laut. Applaus brandete hoch, der nicht begeisterter hätte sein können, wenn soeben der Vorhang der Wiener Staatsoper gefallen wäre.

»Bravo«, rief Vater, entfernte die Decke von seinen Knien und sprang so schnell auf, wie es seine achtzigjährigen Gelenke erlaubten. Er klatschte und wandte sich dann meiner Mutter zu, die auf seiner anderen Seite stand und applaudierte. Sie gaben sich einen Kuss und wünschten sich gegenseitig Frohe Weihnachten. Dann beugte er sich zu mir. »Früher gab es nach dem Krippenspiel immer diesen köstlichen Weihnachtspunsch, den mit dem Eierlikör …«

»So? Du meinst das Getränk, nach dem sich dein Vater, wie du immer erzählst, hinlegen musste, bevor es mit der Bescherung weiterging?«

»Genau den!«, rief Papa lachend und hob schnuppernd seine Nase. Der Geruch von Zimtstangen, Rum und Amaretto-Kirsch lag in der Luft. Er lächelte breit und in seinen Augen lag ein Glitzern, gegen das der LED-Schneeflockenvorhang verblasste, den Annette an den Fenstern ihrer Wohnung angebracht hatte. Gerade kam Matthias mit einem Tablett, auf dem etliche dampfende Becher dieses starken Getränkes standen. Gemeinsam mit unserer Mutter und einigen Freunden verteilte er diese sowie Tee und Vanillekipferl, unter den Gästen. Papa bediente sich ebenfalls und nahm genießerisch den ersten kleinen Schluck. »Hmmmm, das schmeckt ganz genauso wie damals. Frohe Weihnachten, mein Schatz«, sagte er und gab mir einen Kuss auf die Wange. Just in diesem Moment begann es auch noch dicke Flocken vom Himmel zu schneien. Das war perfekt, aber hoffentlich würde der Schneefall nicht zu stark werden! Alle Besucher sollten sicher wieder nach Hause kommen. Dann hakte ich mich bei Vater ein und wir wünschten all unseren Gästen ein Frohes Fest. Er war in seinem Element, versprühte seinen Charme fast so wie früher und scherzte und lachte mit alten Freunden. Als ich Lars in der Menge auftauchen sah, dirigierte ich Papa zu ihm. Wie sollte ich den Deutschen denn nun meinem alten Herrn vorstellen? Am liebsten als zukünftigen Freund, dachte ich grinsend.

»Papa, das ist Lars. Seine Tochter war eine unserer bezaubernden Hirtinnen beim Krippenspiel«, erklärte ich.

Obwohl mein Schwarm heute bei seiner Begrüßung sein typisches *Moin* wegließ, rief Vater: »Höre ich da einen norddeutschen Akzent heraus?«

»Genau, meine Tochter und ich kommen aus Hamburg. Und jetzt wohne ich in Klagenfurt«, antwortete er.

»Lassen Sie mich raten. Die Liebe hat Sie hierher verschlagen, stimmts?«, vermutete Papa.

»Nun ja, indirekt«, gab Lars mit einem schiefen Grinsen zur Antwort. Zu erklären, dass zwar die Liebe, allerdings nicht seine, sondern die neue Flamme seiner Ex-Frau, ihn nach Kärnten geführt hatte, würde jetzt wohl etwas zu weit führen.

»Was machen Hannah und du heute Abend noch?«, erkundigte ich mich.

»Estelle«, unterbrach Vater mich und löste sich von mir. »Ich schau mal nach Mama, ja? Bin sofort wieder da.« Ich nickte ihm zu und sah ihm nach, wie er in der Menge verschwand, vermutlich um sich bei der Gelegenheit gleich ein zweites Glas Punsch zu holen. Mit dem ersten hatte er mit so vielen Freunden angestoßen, dass es sich in besorgniserregendem Tempo geleert hatte.

»Jetzt werde ich Hannah zu ihrer Mutter und Rolf bringen, die sich über Weihnachten auf Rolfs Chalet in den Bergen aufhalten«, antwortete er.

»Und dann?«, fragte ich. »Bleibst du bei ihnen und feiert ihr Weihnachten gemeinsam? Das wäre toll, Weihnachten ist doch die Zeit der Liebe und der Versöhnung!«

Er schüttelte den Kopf. »Nein, dann fahre ich nach Klagenfurt in meine Wohnung.«

Was? Wie traurig war das denn? Es konnte doch nicht sein, dass Lars den Heiligen Abend allein verbringen musste? Da kam mir eine wunderbare Idee.

»Dann komm doch wieder hierher zurück, nachdem du Hannah abgeliefert hast und verbring den Weihnachtsabend bei uns. Meine ganze Familie feiert hier oben in der Burg, in der Wohnung von Matthias und Annette. Es gibt russische Eier! Kennst du die? Sie sind hart gekocht und mit Mayonnaise sowie, sorry, *Kaviar* gefüllt, aber du musst sie ja nicht essen! Außerdem Erdäpfelsalat und Würstchen, das ist eher was für uns beide, oder?«, rief ich völlig begeistert. Vor Aufregung hatte ich Lars sanft mit beiden Händen an seinem Unterarm gepackt. Mein Atem beschleunigte sich. Das wäre ja großartig!

Einen Moment lang blitzte etwas Lebhaftes, Fröhliches in Lars' Augen auf, dann wurde er ernst. Sein Blick verfinsterte sich. Er schüttelte den Kopf und räusperte sich. »Tut mir leid, Estelle, das geht nicht«, sagte er mit seiner rauen, tiefen Stimme und starrte auf den Boden. Kam jetzt nach Dr. Jekyll jetzt wieder Mr. Hyde, der Hanseat durch? Doch nach einem Moment des Schweigens hob er seinen Kopf, sah mir fest in die Augen und ergriff meine Hände. Sein Blick war kaum zu beschreiben. Wenn ich es doch tun müsste, glich er am ehesten dem Ausdruck meines Vaters, als er den Eierpunsch vorhin gerochen hatte. Freude pur! Was sollte denn das werden? Ich erwiderte den Druck seiner Fingerspitzen, auf die mein Körper mit einem heftigen Kribbeln reagierte.

»Aber … können wir uns vielleicht sehen, wenn Weihnachten vorüber ist? Ich muss dir nämlich etwas ganz Wichtiges erzählen. Eigentlich muss ich dir ein Geständnis machen. Das geht aber nicht heute, sondern erst in ein paar Tagen.«

»Was? Aber sicher. Allerdings fahre ich übermorgen zu Freunden nach Frankreich, aber vor Silvester bin ich wieder zurück!«. Lars wollte mich treffen und mir ein Geständnis machen! Ich lachte und fühlte mich auf einmal federleicht und trunken vor Glück, beinahe wie beschwipst. Dabei hatte ich nur eine Tasse Kindertee getrunken. Ich hatte jetzt das erste Mal so etwas wie eine richtige Verabredung mit Lars in Aussicht! Und das ganz unabhängig von einer Krippenspielprobe und ohne dass ich ihn unter irgendeinem Vorwand herlocken musste! Jetzt rieselte der Schnee in dichten Schauern vom Himmel, und die Burg sah aus wie die Kulisse in einer der Schneekugeln aus meinem Souvenirladen, wenn ich sie heftig durchschüttelte. Ich spürte, wie eine dicke Flocke auf meiner Oberlippe landete. Während sie schmolz, machte Lars einen Schritt auf mich zu, sodass er unmittelbar vor mir stand. Er hob seinen Arm, fuhr aus seinem Handschuh und wischte den Tropfen mit seinem Daumen hauchzart fort. Ich mochte diese vertraute, zärtliche Geste, die sofort ein wohliges Prickeln auf meiner Haut erzeugte. Und dazu sein wunderbares Lächeln! Unsere Blicke verhakten sich und ich erklärte hellgrau endgültig zu meiner absoluten Lieblingsfarbe. Ich sah zu seinem Gesicht hoch und spürte, dass der richtige Zeitpunkt für einen Kuss jetzt gekommen war. Was war mit den Leuten um uns herum? Egal! Es fühlte sich richtig an und deswegen musste ich es tun. Burgherrinnen im 21. Jahrhundert eroberten sich ihre Ritter selbst und holten sich ihre Küsse, wann sie es wollten! Und wenn sie fühlten, dass sie sich verliebt hatten. Übermütig platzierte ich meine Hände in seinem Nacken, stellte mich auf die Zehenspitzen und näherte mich seinem Gesicht. Augenblicklich spürte ich, wie Lars sich verkrampfte. Beinahe panikartig löste er meine Hände von seinem Hals und wich erschrocken einen Schritt zurück. Wir blickten uns gegenseitig überrascht, ja fast entsetzt, an. Was, echt jetzt? Lars hatte mich abgewiesen und mir einen riesengroßen Korb verpasst. Er hatte mich nicht küssen wollen! Die fröhliche Schneekugel, in der ich mich vor einem Moment noch befand, zerplatzte wie eine eisige Seifenblase.

»Papa?« Neben uns stand Hannah, die von einem Bein zum anderen tippelte. »Isabel ist mit ihrer Mama gerade nach Hause gegangen. Meine Füße sind so kalt!«

»Komm her, mein Schatz!«, sagte Lars. Er beugte sich zu seiner Tochter hinunter, hob sie federleicht hoch und platzierte sie auf seiner Hüfte.

»Fahren wir jetzt bitte? Bei Mama und Rolf kommt heute Abend das Christkind, das will ich nicht verpassen!« Hannah schlang ihre Arme um den Nacken ihres Vaters.

»Ja Schatz, wir fahren sofort. Estelle, darf ich dich morgen anrufen?!« Seine Stimme klang beinahe verzweifelt und genauso blickte er mich an.

Ich starrte fassungslos zurück, denn der Schock der eben erlebten Zurückweisung saß tief. Bei diesem Mann würden selbst promovierte Psychologen an ihre Grenzen stoßen. Wer bitte sollte Lars jemals verstehen? Denn jetzt schaute er mich wieder aus seinen schmachtenden grauen Augen an, als würde er sich nach mir verzehren! Oder hatte er Hannah nicht überfordern wollen, indem sie eventuell eine Kuss-Szene ihres Vaters mitansehen musste? Aber auch für diesen Fall war seine Reaktion doch übermäßig forsch gewesen!

»Frohe Weihnachten, Estelle!« sagte Hannah, die von unserem Debakel nichts mitbekommen hatte, und schenkte mir zum Abschied ihr steinerweichendes Hirtinnen-Lächeln und winkte mir zu. Was konnte sie dafür, dass ihr Vater nicht wusste, was er wollte?

»Frohe Weihnachten!«. Ich beugte mich zu ihr und gab ihr einen kleinen Kuss auf die Wange. Dann drehte ich mich um, ohne Lars eines weiteren Blickes zu würdigen. Besser, ich machte mich mal auf die Suche nach meinem Papa.

Lars

Eben hatte ich Hannah bei ihrer Mutter in Rolfs Luxus-Blockhütte in den Bergen abgeliefert. Meine Ex-Frau nannte das Haus hochtrabend *Chalet,* so eine protzige französische Bezeichnung für ein Holzhaus! Das schaute ihr mal wieder ähnlich. Gerade war ich wieder in mein Auto eingestiegen und starrte vor mich hin. Das Häuschen lag idyllisch in einer tief verschneiten Winterlandschaft mitten im Wald. Die vielen honiggelben Lichterketten, die dessen Fassade zierten, prallten aber an mir ab und konnten keine friedliche Weihnachtsstimmung in mir erzeugen. Mit Sabine und Rolf hatte ich es mir auch gerade verscherzt, denn als Hannah außer Hörweite war, hatte ich meine Ex-

Frau angeblafft. Dabei hatte sie mich nur gefragt, ob wir beim Fahren wegen dem vielen Neuschnee Probleme gehabt hätten. Schuld an meiner unterirdischen Laune war die Szene von vorhin, als ich Estelle zurückgewiesen hatte. Sie ging mir nicht aus dem Kopf! Das war nicht bloß eine verbale Abfuhr gewesen. Nein, ich hatte ihre zärtliche Annährung mit bloßen Händen abgewehrt! Am liebsten hätte ich meine Stirn gegen das Lenkrad geknallt. Und das sehr, sehr oft und sehr, sehr fest. Nach einem ersten Überraschungsmoment hatte Estelle so richtig verärgert gewirkt. Der Grund für mein abweisendes Verhalten war der Fakt gewesen, dass wir uns nicht küssen durften, ehe ich reinen Tisch gemacht hatte. Aber jetzt bereute ich es bitter. Hätte ich mich nur von meinen Gefühlen leiten lassen! Womöglich war es jetzt zu spät und vielleicht wollte sie mich nach dieser schroffen Zurückweisung gar nicht mehr wiedersehen. Würde ich nach dieser Aktion jemals wieder eine Chance für einen Kuss bekommen? Sie hatte nicht einmal darauf reagiert, als ich sie fragte, ob ich sie morgen anrufen dürfte. Puh! Und wenn sie doch noch jemals wieder mit mir reden würde, dann stünden meine Karten aber richtig schlecht, wenn ich ihr dann mein Geheimnis beichtete! *Überraschung! Ich bin kein ehrenhafter Handwerker, sondern ein schmutziger Schmierfink von der Goldenen Revue, die du so hasst. Und der höchstpersönlich die beleidigende Zeitungsente über dich geschrieben hat.* War es mit uns aus und vorbei, noch ehe es angefangen hatte?

Ich startete den Wagen, wendete und lenkte ihn in Richtung Klagenfurt. Über eine Stunde Fahrtzeit lag vor mir, in der ich mir den Kopf zerbrechen konnte.

***

Die Straßen waren menschenleer, bis auf ein paar Schneeräumfahrzeuge, die den aussichtslosen Kampf gegen die Massen von Neuschnee führten, die seit dem späten Nachmittag gefallen waren. Die Straßenverhältnisse waren haarsträubend und ich musste im Schritttempo fahren, um nicht aus der Kurve zu fliegen. Oje. Gerade begegneten mir zwei Einsatzfahrzeuge der Rettung, die bestimmt zu einem Verkehrsunfall unterwegs waren. Bei dem Gedanken an Estelle, die ich vielleicht endgültig verloren hatte, erschien mir der Aufprall gegen eine massive Tanne aber auch nicht als das Schlechteste, das mir passieren konnte. Halt, so durfte ich nicht denken! Zumindest meine Tochter Hannah liebte und brauchte mich noch. Ich setzte mich im Fahrersitz auf. Aber mein Herz brauchte Estelle, unbedingt! Ich musste ihr endlich die Wahrheit sagen, so schnell nach Weihnachten wie möglich! Den Rest musste sie entscheiden. Vielleicht gab es ja einen Schimmer Hoffnung für mich.

Ich hatte erst die Hälfte der Strecke hinter mich gebracht, als ich in die mir bekannte Straße abbog, die durch den Wald in der Nähe von Ehrenfelsen führte. Was für ein *Schietwetter*! Oder *Sauwetta*, wie die Kärntner sagten. Ein Schneeräumfahrzeug war hier auch schon länger nicht mehr entlanggefahren. Ich drosselte das Tempo noch weiter und erreichte gefühlt nicht einmal mehr Schritttempo. Das waren keine Zustände, die ich aus Hamburg gewohnt war. Aber dafür erinnerte mich die Szene hier draußen frappierend an meinen Traum, den ich vor ein paar Tagen gehabt hatte! Huuuubuuuhh, der Traum in der Raunacht, dachte ich voll Zynismus. Da hatte ich ja der Sage nach von meiner Zukunft geträumt! Großartige Zukunft! Wie recht der Traum gehabt hatte. Ha! Obwohl … dann müsste ja jetzt gleich eine dunkle Gestalt auftauchen … Mein Atem stockte, als ich um die Kurve eierte und … Im Lichtkegel meiner Scheinwerfer tauchte tatsächlich eine dunkle Gestalt auf, die auf meiner Fahrbahnseite stand. Ich sprang auf die Bremse. Meine Traumvision! Die Härchen in meinem Nacken standen mir zu Berge und ich hatte Gänsehaut am ganzen Körper. Die Figur winkte mir zu, als hätte sie auf mich gewartet! Meine Kehle verengte sich und ich fühlte den landläufigen Spruch am eigenen Körper, bei dem einem *das Blut in den Adern gefriert*. Brrrr. Kühlen Kopf bewahren, nur keine Panik! Wer sollte das hier schon sein? Der Krampus vielleicht? Ha! Nein. Das war jemand, der Hilfe brauchte! Ich hielt neben der Gestalt an und öffnete mit unsicheren Fingern die Tür der Beifahrerseite. Als der schwache Schein des Innenlichts meines Autos das Gesicht der Person erhellte, die ins Auto hineinschaute, traute ich meinen Augen kaum.

Estelle

Ich weinte an der Schulter meines Bruders. Gerade war Matthias mit Bobby und ein paar Freiwilligen von einer erfolglosen Suche nach unserem Vater zurückgekehrt. Die Feuerwehr hatte auch mitgeholfen, hatte aber ihre Bemühungen vorerst einstellen müssen, weil sie zu einem anderen Noteinsatz bei einem Wohnzimmerbrand gerufen worden war. Meine Mutter war in die Villa in den Ort hinuntergefahren, um zu sehen, ob er vielleicht da wäre, hatte ihn bei sich zu Hause aber auch nicht angetroffen. Von unserem Papa fehlte seit dem Ende des Krippenspiels vor über zwei Stunden jede Spur! Der Schnee und die

Dunkelheit hatten alle Hinweise auf seinen Verbleib verschluckt. Ich hatte ihn im Gespräch mit Lars nur ein paar Minuten aus den Augen gelassen, es waren doch so viele Menschen um uns herum gewesen! Trotzdem konnte er unbemerkt den Burghof verlassen und war seither verschwunden. Die Burg hatten wir sofort abgesucht, aber erfolglos. Bestimmt war er allein losgegangen und hatte sich im Wald verirrt. Und nun streifte er vermutlich desorientiert herum, so wie es schon einige Male passiert war! Aber das war nie während der Nacht gewesen und nie hatten so lebensfeindliche Wetterverhältnisse draußen geherrscht. Es waren gerade mal fünf Grad unter null! Wenn wir ihn nicht bald fänden, würde er mutterseelenallein langsam irgendwo im Wald erfrieren! Mein Papa! Und ich allein war schuld daran! Ich hätte ihn nicht aus den Augen lassen dürfen, ich wusste doch genau, wie verwirrt er in der letzten Zeit manchmal war. Was sollten wir jetzt nur tun?

»Es war allein mein Fehler«, schluchzte ich in Matthias' Jacke. Er strich mir über den Rücken und wiegte mich hin und her wie ein kleines Kind. Hätt ich nur, hätt ich nur, hätt ich nur, sprach ich unablässig mein Mantra.

»Oh!«, sagte mein Bruder auf einmal leise und hörte mit dem tröstenden Schaukeln auf. »Das gibt's doch nicht …«

Ich hob meinen Kopf von Matthias' Schulter und blickte über den Burghof. Zwei dunkel gekleidete Männer passierten gerade das schwach beleuchtete Hauptportal. Ihre Stimmen drangen bis zu uns zum anderen Ende des Atriums herüber. Genauer gesagt lachten sie laut miteinander. Es waren vertraute Stimmen und bekannte Silhouetten, die ich immer wieder erkennen würde. Es waren Lars und … Vater!

Ich löste mich von meinem Bruder und lief ihnen entgegen. Dann schloss ich meinen Papa schweigend in die Arme, der mich an sich drückte.

»Estelle, ich war auf dem Heimweg und auf einmal hat es ganz stark geschneit. Da hat mich dieser freundliche junge Mann mitgenommen. Wie war nochmal Ihr Name?«

»Lars«, antwortete dieser.

»Danke noch mal … wo ist denn die Charlotte?«, erkundigte sich Vater nach meiner Mutter, als ob nichts Besonderes vorgefallen wäre. Überglücklich hatte Matthias sie bereits verständigt und sie befand sich auch schon auf dem Weg zu uns. Ich löste mich von meinem alten Herrn, der sich mit meinem Bruder bei den freiwilligen Helfern bedanken wollte, die bis jetzt noch ausgeharrt hatten.

Ich wandte mich Lars zu. »Mir fehlen die Worte! Wenn du ihn nicht gefunden und zurückgebracht hättest, dann …«, stammelte ich.

»Na ja, ich habe ihn gefunden, allerdings ohne ihn gesucht zu haben … er ist mir direkt vors Auto gelaufen. Zum Glück musste ich wegen dem Schnee langsam fahren, sonst hätte ich ihn vielleicht sogar überrollt! Du stehst keinesfalls in meiner Schuld«, antwortete er.

Ich war gerade so unaussprechlich glücklich, dass ich ihn am liebsten umarmt hätte, aber das wollte Lars ja nicht, wie ich mich noch gut erinnerte. Also stand ich einfach vor ihm und betrachtete sein markantes Gesicht. Erneut brachte der blonde Deutsche mein dummes Herz wild zum Klopfen, als hätte es den Korb vor zwei Stunden schon wieder vergessen. Mein Gehirn funktionierte da besser und präsentierte mir das Bild, als er meine Hände von seinen Schultern geschoben hatte. Egal. In diesem Moment zählte einzig und allein die Freude, die ich über die Rettung meines Vaters spürte. Und dafür würde ich Lars für immer dankbar sein. Wenn er schon meine Liebe nicht erwiderte, dann vielleicht aber meine Freundschaft, so bitter es auch für mich war.

»Würdest du vielleicht jetzt doch mit uns Weihnachten feiern wollen?«, fragte ich ihn deshalb. Andere Möglichkeiten, dem Retter meines Vaters etwas Gutes zu tun, fielen mir im Moment nicht ein.

Lars überlegte einen Augenblick. »Danke! Es gibt nichts, was ich jetzt lieber tun würde, das musst du mir glauben. Aber leider geht es noch nicht. Das hat nur etwas mit *mir* zu tun … Bitte vertrau mir und lass mich dir nach den Feiertagen alles erklären!«, bat er. Dabei trat er vor mich und streckte seine Hände nach den meinen aus. Obwohl sie in dicken Handschuhen steckten, fühlte ich die Berührung unserer Fingerspitzen voller Intensität. Er legte seinen Kopf leicht schief und fixierte mich mit Blicken aus seinen hellgrauen Augen, dessen Wirkung sofort in Form eines inneren Schneegestöbers einsetzte. Unruhig trat ich von einem Fuß auf den anderen. Waren wir heute, vor etwa zwei Stunden, nicht schon einmal an genau diesem Punkt gewesen? Obwohl wir uns nur eine Armlänge entfernt gegenüberstanden, verringerte er den Abstand zwischen uns noch weiter. Diesmal unterdrückte ich den Impuls, meine Hände in seinen Nacken zu legen und ihn zu küssen, obwohl ich mich so sehr danach sehnte. Denn so verrückt war ich auch nicht, mir gleich wieder einen Korb zu holen. Lars stand jetzt so knapp vor mir, dass sich mein rosa Steppmantel und sein schwarzer Parka berührten. Seine Hände hielten die meinen immer noch fest! Was denn nun? Freundschaft oder Liebe? Ich hatte es aufgegeben, Lars verstehen zu wollen und beschloss, ganz einfach den Moment und die kleine Zärtlichkeit zu genießen. Die bestimmt gleich wieder abrupt enden würde, wie die bisherigen Annäherungen zwischen uns auch. In ein paar Tagen würde er mir eine Erklärung geben, beziehungsweise sein geheimnisvolles Geständnis machen. Um was es da wohl ging? Ob eine andere Frau dahintersteckte? Bei dem Gedanken bohrte sich ein eisiger Schmerz in mein Herz. Jetzt löste Lars seine Hände von meinen, aber nur, um sie um meine Taille zu legen und mich an seine Mitte zu drücken. Hmmmm? Was sollte das jetzt werden? Unsere Gesichter näherten sich einander an. Ich hörte auf zu grübeln und schloss meine Augen. Er war mir so nah, dass ich seinen Duft wahrnehmen konnte. Er roch nach einem sexy männlichen After-Shave und ein wenig Tanne. Mein Herz begann zu rasen, als sich einen Wimpernschlag später unsere Lippen tatsächlich berührten. Sein Mund streichelte den meinen zärtlich. Ein wohliger Laut entschlüpfte meiner Kehle und ich zerfloss in seinen Armen wie eine heiße Schneeflocke. Das war der beste Kuss meines Lebens! Unmittelbar wurden unsere Berührungen gegenseitig fordernder und ich spürte, wie seine Zunge gegen meine Lippen drängte. Ich ließ sie ein, woraufhin sie sich umspielten, sich neckten und eine prickelnde Hitze in meinem Innersten erzeugten. Wow, Lars konnte küssen! Seine Bartstoppeln kratzten an meinem Kinn und lösten ein sehnsüchtiges Ziehen aus, das sich von meiner Wange abwärts bis in meine Lenden bohrte. In diesem Moment existierten nur wir beide. Es war mir vollkommen gleich, was andere über uns sagen mochten. Meine Familie und die Freunde, die sich gerade noch auf dem Burghof befanden und uns sehen konnten, würden sich bestimmt für mich freuen. Immerhin knutschte ich mit dem Helden des Tages, dem Lebensretter unseres Vaters. Und selbst wenn die *Goldene Revue* alles fotografieren und danach eine zwölfseitige Fotostory über unseren ersten Kuss bringen würde, wäre mir das herzlich egal! Ganz im Gegenteil, das wäre mir sogar höchst willkommen. Diese Ausgabe würde ich mir mehrfach zur Erinnerung kaufen, denn das wäre eine Dokumentation unserer Liebesgeschichte, die hoffentlich bald so richtig beginnen konnte. Irgendwann lösten wir uns voneinander, nur unsere Blicke blieben fest ineinander verfangen.

»Du bist so wunderbar«, raunte Lars mir mit seiner tiefen Stimme atemlos zu, strich mir zärtlich über die Wange und schenkte mir sein unglaubliches sexy Lächeln. »Jetzt zu gehen, fällt mir so schwer, das musst du mir glauben. Bitte verzeih mir, aber ich muss weg. Wollen wir den Jahreswechsel vielleicht zusammen verbringen, wenn du aus Frankreich zurück bist?«

»Das wäre großartig!«, rief ich begeistert und wippte vor Freude auf und ab. Ganz genaue Pläne hatte ich noch nicht gemacht, ich war flexibel, denn mein Souvenirladen blieb bis zum 2. Januar geschlossen. Aber wie sollte ich es so lange ohne Lars aushalten?

Wir vereinbarten, in den nächsten Tagen zu telefonieren, um alles weitere auszumachen. Doch bevor Lars tatsächlich gehen durfte, wurde er von meiner Mutter, meinem Bruder, meiner Schwägerin, unseren treuesten

Freunden, die uns bis zuletzt beigestanden hatten, und natürlich von meinem Vater fest gedrückt. Sogar den einen und anderen Kuss bekam er ab, wie ich schmunzelnd beobachtete. Schließlich begleitete ich ihn zum Burgtor, wo wir uns noch einmal küssten und uns schließlich voneinander trennten. Ich sah ihm nach, bis er in seinen Kombi eingestiegen war und die Scheinwerfer seines Autos in der Dunkelheit verschwunden waren. Wie romantisch unsere Geschichte war! Sie könnte direkt als eine Fortsetzung von *Tatsächlich Liebe* verfilmt werden, denn auch unsere Geschichte war voller Dramatik und hoffentlich einem ebenso grandiosen Happy End!

Kapitel 14
Die letzte Story, 28. Dezember

Lars

»Du bist dir im Klaren darüber, dass deine Möglichkeiten, einen neuen Job bei einer anderen Zeitung zu finden, in Klagenfurt ... sagen wir mal begrenzt sind?« fragte Sophie Weiss-Winkelbauer.

»Vielleicht komme ich in einem verwandten Bereich unter. In der Pressestelle eines großen Unternehmens, oder in der Werbebranche ...« antwortete ich. »Es wird sich schon etwas finden.«

Meine nunmehr ehemalige Chefin schnaubte. »Zumindest Kellner werden in Kärnten im Tourismus immer gesucht. Du weißt doch, dass du einen Monat Kündigungsfrist hast?«

»Logo!« Ob ich den ganzen Monat noch aushalten würde, bezweifelte ich zwar, aber diese richtig coole letzte Story, die vor mir lag, würde ich mir keinesfalls entgehen lassen. Froh, dieses Gespräch hinter mich gebracht zu haben, verließ ich das Büro der *Goldenen Revue* und ging zu meinem Wagen. Während ich zur Villacher Alpenarena fuhr, waren meine Gedanken wieder einmal bei Estelle.

Dass wir uns zu Weihnachten dann doch geküsst hatten, obwohl ich unsere Aussprache hatte abwarten wollen, war dem romantischen Moment geschuldet, bei dem ich alle Vernunft in den Wind geschlagen hatte. Und meinem Wunsch, die schroffe Abfuhr vergessen zu machen, die ich Estelle zwei Stunden zuvor erteilt hatte. Bei der Erinnerung an ihre weichen Lippen, ihren zarten Fliederduft und das Gefühl meiner Hände, die ihre Taille umfasst hatten, wurde mir augenblicklich heiß. Dieser Kuss war der beste meines ganzen Lebens gewesen!

Jetzt hatte ich den Pressebereich erreicht, der sich im Zielraum der Anlage befand, und wies mich am Eingang mit meiner Akkreditierung als Mitarbeiter der *Goldenen Revue* aus. Dieser Arbeitstag würde endlich wieder einmal ganz nach meinem Geschmack sein, denn es wurde ein Weltcup-Skispringen ausgetragen. Ringsherum konnte ich die Wettkampfatmosphäre spüren und die eiskalte Luft dieses Wintertages war mit einer Mischung aus Kampfgeist, Nervenflattern und Adrenalin aufgeladen. Wie sehr hatte ich diese Stimmung vermisst. Der Pressebereich war am Rande der VIP Lounge angesiedelt, die voll war mit Lokalprominenz. Es war eine echt große Sache, dass der Skisprungzirkus in Villach Station machte und der Andrang war riesig. In der Welt der österreichischen Celebrities hatte ich mich allerdings immer noch nicht wirklich eingearbeitet. Außer den Stars aus dem Sportbereich erkannte ich kaum ein Gesicht. Das war jetzt auch nicht mehr nötig, denn ich hatte ja soeben gekündigt. Mit meinem Pressepass hatte ich Zugang zum Bereich der Schönen und Reichen und beschloss, mir von der dortigen Bar einen Kaffee zu holen. Mein Ausweisdokument trug ich wie einen Orden um meinen Hals, mit ein bisschen Wehmut, da es ja vielleicht das letzte Mal war. Ich bahnte mir meinen Weg durch die Prominenz der Alpenrepublik und beobachtete unauffällig die Gäste. Genau solche steifen Zusammenkünfte waren mir ein Graus. Die bessere Gesellschaft stand an kleinen Stehtischen zusammen, schlürfte Champagner und nahm mit Kaviar, Roquefort oder sautierten Pilzen belegte Canapés zu sich, wie ich im Vorbeigehen registrierte. Dies könnte ich wenigstens als Detail am Rande für meinen Artikel verwenden. Ich hielt meinen Blick gesenkt, denn am Ende würde ich hier noch meine Ex-Frau Sabine und ihren Rolf irgendwo sehen. Bestimmt waren sie heute auch hier: dieses Event, das so viel Aufmerksamkeit auf sich zog, würden sie sich sicher nicht entgehen lassen. Es kam mir vor, als wäre halb Kärnten heute hier aufmarschiert. Ich wich einem eiligen Kellner aus, der ein Tablett mit fünf langstieligen Champagnerflöten durch die Menge manövrierte. Vielleicht würde ich in Zukunft auch in der Gastronomie arbeiten. Meinen Traumberuf, Zeitungsreporter zu sein, würde ich aufgeben, denn die Jobs in Kärnten waren zu rar gesät, da hatte meine ehemalige Chefin schon recht. Aber Estelle war mir dieses Opfer auf alle Fälle Wert. Hauptsache war, dass ich in meiner neuen Tätigkeit mein Geld auf anständige Art und mit ruhigem Gewissen verdienen und Estelle dabei in die Augen blicken konnte. So wie ich sie einschätzte, wäre ihr der Beruf ihres Freundes nicht so wichtig. Für sie zählten andere Dinge, wie Freundlichkeit, Ehrlichkeit und dass man das, was man machte, mit Hingabe tat. Bei dem Gedanken an meine Burgherrin legte sich ein Lächeln auf meine Lippen und meine ohnehin schon gute Laune hob sich noch mehr. Gerade hielt sie sich bei Freunden in der Champagne auf und wir hatten seit dem Weihnachtsabend jeden Tag miteinander telefoniert. Obwohl ich das Thema meines Berufes konsequent umschiffte, war uns der Gesprächsstoff am Telefon nie ausgegangen, ganz im Gegenteil. Allein ihre Stimme zu hören war das absolute Tages-Highlight für mich. Ich nahm meinen dampfenden Becher Kaffee entgegen und machte mich wieder auf den Weg zurück. Bald gäbe es ein Wiedersehen und dann wäre es an der Zeit, mein Geständnis abzulegen. Wie würde Estelle auf meine Offenbarung reagieren, dass ich einer der verhassten Journalisten der *Goldenen Revue* gewesen war? Der sich hinterrücks in ihr Leben eingeschlichen hatte? Zumindest musste das so für sie aussehen. Eigentlich hatte ich Abstand zwischen uns wahren wollen, aber durch unsere Treffen beim Krampuslauf, beim Arbeiten am Stall von Bethlehem und am Heiligabend war ich mit meinem Vorsatz, Distanz zu ihr zu halten, umgefallen wie ein schlecht befestigter Weihnachtsbaum in der guten Stube. Ich fuhr mir nervös durch mein Haar. Sicher würde Estelle maßlos enttäuscht und wütend sein. Aber jetzt waren meine Absichten zu hundert Prozent aufrichtig. Vielleicht könnte ich sie mit meiner bereits erfolgten Kündigung besänftigen? Außerdem hoffte ich auf einen klitzekleinen Vater-Rettungs-Bonus. Um Estelle nicht zu verlieren, würde ich jeden Joker ziehen. Und jede Unterstützung brauchen. Wie ich bei meiner Beichte genau vorgehen würde, wusste ich allerdings noch nicht. Ich würde mir die Worte vorher aber sehr gut überlegen. Bei dem Gedanken an die anstehende Aussprache wand ich mich unruhig hin und her. Ein großer Strauß Rosen konnte nicht schaden. Oder besser eine randvoll beladene Kutsche!

Kapitel 15
Champagne, 28. Dezember

Estelle

»Voulez-vous danser? Darf ich um den Tanz bitten?« Ich setzte mein rechtes Bein hinter meine linkes und machte einen Knicks vor meiner Freundin Gloria, wobei ich mein imaginäres Kleid geschmeidig mit den Fingerspitzen anhob. Dann zog ich sie mit beiden Händen von ihrer samtgrünen Chaiselongue hoch, auf der sie gerade entspannt auf einem Tablet gelesen hatte. Sie konnte das Gerät gerade noch auf der Liegefläche deponieren, ehe sie auf die Beine kam und sich lachend mit mir im Kreis drehte.

»Lalala-LAA-LAA, lala, lala«, trällerte ich das Thema des Donauwalzers von Johann Strauss. Gloria stimmte ein und wir taumelten kichernd im Wohnsalon umher.

»Du verrücktes Huhn! Hast du wieder mit deinem Lars telefoniert und jetzt fiedeln die Geigen in deinem Kopf?«, fragte sie mich auf Französisch und befreite sich aus meiner Umklammerung.

»Ja genau! Und stell dir vor, wir werden Silvester gemeinsam verbringen, und zwar in Wien! Das haben wir eben ausgemacht«, frohlockte ich und ließ Gloria los, die auf ihr Liegesofa zurücksank, und drehte mich allein weiter im Kreis, bis mir schwindlig wurde und ich mich neben sie auf die Bank fallen ließ. »Das wird so unglaublich toll!«, schwärmte ich. »Ich fliege am Vorabend von Paris nach Wien und übernachte dort bei meiner Tante Sofie. Am nächsten Morgen treffe ich dann Lars und wir verbringen den ganzen Silvestertag miteinander. Wir sehen uns Wien an, quatschen, gehen Essen und feiern das neue Jahr.« Ich seufzte. Das würde so großartig werden!

»Ob du dann in der Silvesternacht wieder bei deiner Verwandten auf der Couch schlafen wirst... oder eher bei Lars im Hotel?« Gloria kicherte und grinste lasziv. Dabei ließ sie ihre akkurat gezupften Augenbrauen auf und ab hüpfen, soweit ihre mit einigen Schönheits-OPs optimierte Mimik es zuließ. Der Gedanke an unsere erste Nacht, die wir vielleicht gemeinsam verbringen würden, löste ein ungestümes Feuerwerk in meinem Bauch aus und mein Herz kam vor Aufregung aus dem Dreivierteltakt.

»Wir werden sehen«, antwortete ich feixend und versuchte, meine Freundin an der Seite zu kitzeln. Ich könnte die Welt vor Glück umarmen! Ab und zu fragte ich mich allerdings, welches geheimnisvolle Geständnis er mir machen wollte? Und warum hatte er mich am Heiligen Abend erst zurückgewiesen und dann doch geküsst? Ob es vielleicht wirklich noch eine andere Frau in seinem Leben gab? Meine Intuition sagte nein. Denn in seiner Stimme, seinen Blicken und in seinem Kuss hatte ich seine aufrichtige Zuneigung gespürt. Bestimmt waren meine Bedenken und Sorgen unbegründet und Lars würde mir zu Silvester eine ganz einfache Erklärung für alles geben. Ich drückte Gloria einen Kuss auf die Wange und sprang wieder auf die Beine. Super, übermorgen ging es schon los! Obwohl ich noch jede Menge Zeit hatte, konnte ich doch schon mal damit beginnen, meine Sachen zu packen und zu überlegen, was ich anziehen würde. Tagsüber und natürlich auch … nachts!

Gerade als ich Glorias Apartment verlassen wollte, klopfte es an der Tür und einen Moment später trat ihre Schwester Grazia ein. Wie immer war sie perfekt gestylt, und das sogar zu Hause. Sie erinnerte mich mit ihrem stilsicheren Auftreten stets an eine Neuausgabe der monegassischen Fürstin Grace Kelly. Sie hielt mir mein Telefon entgegen, das dezent piepste. Das hatte ich wohl irgendwo in dem weitläufigen Schloss liegen lassen.

»Da versucht dich aber jemand dringend zu erreichen. Das läutet schon seit einer halben Stunde immer wieder«, erklärte sie.

»Oh, vielen Dank!« Vielleicht war es ein weiteres Mal Lars? Nein, es war Roxy, wie ich mit einem Blick auf die Anrufer-Info feststellte. Wir hatten uns zu Weihnachten das letzte Mal gesprochen. »Hey, Liebes! Wie schön, dich zu hören! Was gibt es?«, begrüßte ich meine Freundin überschwänglich und ging leichten Schrittes vor den beiden Schwestern im Zimmer auf und ab, die jetzt nebeneinander auf der Chaiselongue saßen.

»Estelle… es tut mir leid, aber ich habe schlechte Nachrichten«, sagte sie, worauf ich abrupt stehen blieb. Ihre Stimme hörte sich entsetzlich traurig an.

»Was ist passiert?« Mir kamen sofort alle möglichen Katastrophen in den Sinn.

»Du bist meine beste Freundin, Estelle, und es tut mir so furchtbar leid. Aber ich muss es dir erzählen … ich glaube, es wäre besser, du setzt dich erstmal hin …«

Kapitel 16
Silvester, 31. Dezember

Lars

Ich hatte mich in einem Blumengeschäft beraten lassen und mich danach für zwanzig rosa Rosen entschieden. Laut Verkäuferin standen sie in dieser Farbe für das Verliebtsein und die Schönheit. Außerdem repräsentierten sie die Unschuld, die vielleicht auf mich abfärbte, wie ich insgeheim hoffte. Und die Zahl zwanzig bedeutete in der Sprache der Floristen: *Ich meine es ehrlich mit dir.* Hoffentlich drang das über deren feinen, süßen Duft zur Burgherrin meines Herzens durch. Es war kurz vor elf Uhr am Vormittag, als ich mit dem in weißes Seidenpapier eingewickelten Strauß beim Eingang der Ringstraßen-Galerien auf und ab ging. Wir wollten uns in wenigen Minuten vor dem noblen Einkaufszentrum in der Wiener Innenstadt treffen, das hatten wir per WhatsApp so vereinbart. Und dann durch die Stadt bummeln. Seit drei Tagen hatten wir nur noch via Textnachrichten kommunizieren können, weil Estelles Telefon einen Schaden hatte. Während ich neben dem mit Lichterketten geschmückten Eingang unruhig auf und ab wanderte, suchte ich unter den Entgegenkommenden nach Estelles einzigartigem Lächeln. Dabei ging ich in Gedanken die Worte, die ich ihr sagen wollte, zum gefühlt hundertsten Mal durch. Ich zuckte zusammen. Da war sie! Mein Puls schnellte voller Erwartung nach oben und meine Lippen legten sich in ein weites Lächeln. Oh, leider nur ein Fehlalarm! Die Zeit verging. Zehn nach elf. Hu, war mir kalt! Ich stülpte die Kapuze meines Parkas über meinen Kopf und steckte meine freie Hand in meine Jackentasche. Mit der anderen hielt ich die

Blumen. Vielleicht könnten wir gleich in ein gemütliches kleines Cafe gehen, um uns aufzuwärmen und zu reden? Ein Piepsen in meiner Jackentasche kündete das Eintreffen einer neuen Nachricht an. Ich zog meinen Fäustling von der Hand und öffnete die Mitteilung.

Estelle hatte geschrieben. »*Es tut mir leid, aber Tante Sofie hat sich in den Finger geschnitten. Wir müssen zum Arzt gehen! Ich beeile mich und bin in Kürze bei dir! Sorry*«

Oje, die arme! Sofort tippte ich: »Gute Besserung für Tante Sofie, nehmt euch die Zeit, die ihr braucht, ich warte im Café Chilai gegenüber auf dich!«

An der Ecke hatte ich dieses ansprechende Lokal ausgemacht und freute mich darauf, mich ein wenig aufzuwärmen. Das hippe Cafe-Restaurant war brechend voll und gerade, als ein Zweiertisch frei geworden war und ich einen Earl Grey bestellt hatte, hörte ich erneut das Signal des Mobiltelefons.

Wieder ein SMS von Estelle! »*Zufällig habe ich erfahren, dass zwei Freundinnen auch gerade in Wien sind. ☺ Ich würde sie so gerne kurz treffen! Könntest du sie vielleicht willkommen heißen, bis ich zu euch stoße? Treffpunkt wie zuvor. Ich bin gleich bei euch! Danke und Kuss*«

Ich tippte in mein iPhone: »Ja klar, ich freu mich! Wie erkenne ich sie?«

Ein italienisches Touristenpärchen war begeistert, dass ich meinen Tisch aufgab. Ich zwinkerte den beiden zu und ließ Geld für meinen Tee zurück, der noch gar nicht gebracht worden war. Dann eilte ich zurück zu den Ringstraßen-Galerien. Auf meine letzte Frage an Estelle, wie ich ihre beiden Freundinnen erkennen würde, war noch keine Antwort von ihr gekommen. Also brachte ich mich wieder vor dem Eingang der Mall in Position, wartete und hielt nach zwei jungen Frauen Ausschau. Ich freute mich sehr darauf, neben Roxy heute noch weitere Menschen aus Estelles Umfeld kennenzulernen und würde mich von meiner besten Seite zeigen. Eine halbe Stunde nach Mittag fühlte ich mich allerdings wie eine verlorengegangene Blumensendung und bewegte permanent meine Zehen, die sich mittlerweile klamm und eiskalt anfühlten. Außerdem linste ich alle zwei Minuten auf mein Telefon. Sollte ich bei Estelle mal nachfragen, ob bei ihr alles okay war und ob die Freundinnen am richtigen Treffpunkt warteten? Immerhin hatte die Mall mehrere Eingänge. Ich begann, eine WhatsApp ins Handy zu tippen.

»*Alo*?« Vor mir standen zwei jungen Damen, die sich beieinander untergehakt hatten. Einen Moment lang zogen ihre Mäntel meine gesamte Aufmerksamkeit auf sich. Deren Prints sahen aus, als wären sie in einer Maltherapiestunde einer Nervenklinik entstanden. Ihre Baumwollhüte im passenden Design vollendeten ihr bizarres Outfit. »Lars?«

»Oh hallo! Ja, ich bin Lars. Ihr müsst Estelles Freundinnen sein!« Ich streckte einer der beiden jungen Frauen zur Begrüßung meine Hand entgegen und zeigte mein liebenswürdigstes Lächeln. Sie ergriff diese und zog mich an ihre Mitte. Dann küsste sie mich viermal auf die Wangen. Links-rechts, links-rechts. Ihr süßes, schweres Parfum legte sich über mich wie ein Schleier.

»Gloria«, flötete sie und ich hörte ihr munteres Lachen, aber ihre sehr vollen, dunkelroten Lippen bewegten sich dabei kaum. Wie war das möglich? Das war ein wenig gruselig, aber egal. Danach wollte ich die zweite junge

Dame genauso innig begrüßen, aber sie hielt mich mit ihrem ausgestreckten Arm und einem kühlen Blick auf Distanz. Ihr Lächeln war höflich, würde ich sagen. »Grazia«, hauchte sie apart. Im Gegensatz zu Gloria war sie ungeschminkt und blass. Ihre Haltung war aufrecht, als würde sie von einem Korsett aus Stahlbeton gestützt werden.

»Do you speak French?«, fragte Gloria fröhlich.

Ich schüttelte den Kopf. »No, I am sorry. Do you speak English?« Die beiden wiederholten meine Geste der Verneinung. Hm, wie würden wir uns denn nun unterhalten? Die lebhaftere von den beiden, also jene mit den bunten Lippen, verschränkte ihre Arme vor dem Oberkörper, rieb sich die Schultern und klapperte mit den Zähnen. Dann deutete sie auf den Eingang des Einkaufstempels. Ohja, nickte ich. »Lasst uns reingehen, es ist saukalt!«

Drinnen nahmen sie mich sofort in ihre Mitte und hakten sich bei mir unter. Wir marschierten los, wobei sie unermüdlich vor sich hinplapperten. Wann die beiden Luft holten, war mir ein Rätsel. Vergeblich versuchte ich sie auf mich aufmerksam zu machen. Sollten wir nicht Estelle Bescheid geben? Und wohin gingen wir eigentlich? Wir wanderten ziellos umher, bis wir vor einer Auslage mit Schuhen stehen blieben. In mir verkrampfte sich alles. Gab es eine sinnlosere Art, sein Geld zu vergeuden, als für irgendwelche Marken-High-Heels? Bei diesen hier waren nicht mal Preise ausgezeichnet und was das bedeutete, wusste sogar ein Modemuffel wie ich. Die Französinnen sahen das ganz anders, denn aufgrund ihrer Mimik und der Tonhöhe ihres Wortwechsels war klar, dass sie vermutlich niemals zuvor eine schönere Fußbekleidung gesehen hatten. Gloria schoss sogar ein Selfie von uns vor dem Store und dann gings ab hinein.

Während die beiden gefühlt die gesamte Kollektion probierten, checkte ich mein Handy. Keine Nachricht von Estelle.

»Ich habe Gloria und Grazia getroffen ☺«, textete ich. »Wir sind in den Ringstraßen-Galerien. Wie geht es Tante Sofie?«, Ich hoffte, dass Estelle vielleicht auch schon in der Mall war und teilte ihr den Namen der Boutique mit, in der wir uns aufhielten.

Nach einer Minute piepste mein Telefon. Estelle, Endlich. *»Super, das freut mich, dass ihr Spaß zusammen habt! Tante Sofie geht es leider nicht gut. Deswegen hat sie mir ihre Karten für die Wiener Staatsoper heute Abend geschenkt! Wäre es okay für dich, wenn wir hingingen? Sie wäre furchtbar traurig, wenn die Tickets verfallen. Die Silvestervorstellung ist das Highlight der ganzen Saison, sagt sie«*

Ich schluckte und in meinem Nacken stellten sich die feinen Härchen auf. Ein Flashback versetzte mich gefühlsmäßig in meine Kindheit, wenn Mutter den Brokkoli auf den Mittagstisch stellte. Eine Oper! Es gab nicht viel, das ich weniger mochte als Singtheater. Dagegen war sogar Schuhe-Shoppen das reinste Vergnügen. Aber mit Estelle an meiner Seite war selbst der schlimmste Ort der Welt wie der Himmel auf Erden für mich. Und deswegen freute ich mich darauf, sie überall hin begleiten zu dürfen, sogar zu einer abendfüllenden klassischen Gesangsvorführung, zu der mich normalerweise keine zwanzig schwatzenden Französinnen hätten schleifen können. Allerdings fiel mir jetzt noch ein kleines Hindernis ein, das unserem Kulturgenuss im Weg stand.

»Ich habe aber leider keinen Anzug dabei, nur eine blaue Jeans. So kann ich nicht auftauchen, oder?«

»Nein, das geht nicht, es ist ein festlicher Rahmen …«

Hm. War sie jetzt etwa enttäuscht? Das durfte ich nicht zulassen. Das war meine Chance, ein paar weitere Pluspunkte zu sammeln und ihr meine Zuneigung zu beweisen, indem ich mich ins Zeug legte. In Windeseile tippte ich: »Aber hey, die Geschäfte haben ja noch bis 15 Uhr offen. Ich besorge mir einfach noch schnell was Passendes.«

»Wirklich, das würdest du machen? Das ist so lieb von dir!!!!« Sie hatte den Satz mit einem lachenden Gesicht beendet, dem rote Herzchen in den Augen standen. Rote Herzchen! Meine Mundwinkel bogen sich sofort Smiley-mäßig nach oben.

»C'est Estelle?« Die Stimme von Gloria riss mich aus meiner Handy-Konversation, während der ich alles um mich herum vergessen hatte. Die Französin deutete auf das Gerät in meiner Hand. Meine Stimmung war trotz der Aussicht auf einen Opernabend ausgezeichnet.

»Yes, oui, Estelle and I will go to the Opera tonight. You know, the Opera? *Lalaaaa.* But I need a new Outfit«, erklärte ich. Dabei deutete ich auf meine Jeans und zupfte kopfschüttelnd an meinem blauen Hoodie, der unter meinem geöffneten Parka hervorlugte. Auch wenn ihr Englisch nicht so gut war, *a new Outfit* hatte sie anscheinend verstanden, denn sie wiederholte die drei Worte mit leuchtenden Augen und nickte eifrig. Aufgeregt berichtete sie Grazia von meiner Mission, mich für heute Abend neu einzukleiden. Diese musterte mich sofort von Kopf bis

Fuß, als würde sie meine Konfektionsgröße schon einmal schätzen.

»Let's go!«, rief Gloria vergnügt und jede der beiden schulterte eine Tragetasche mit ihren neuen Schätzen. Sofort bot ich mich an, die Tüten zu tragen, woraufhin Gloria mir die ihre mit einem kessen Lächeln in die Hand drückte und mir zuzwinkerte. Sogar Grazia dankte mir mit einem huldvollen Augenaufschlag. Mit dem Blumenstrauß in der Linken und dem Einkauf der Französinnen in der Rechten, dackelte ich hinter den beiden her. Sie steuerten zielsicher einen teuren Herrenausstatter an.

Nachdem die Ladies den herbeigeeilten Verkäufer wieder fortgeschickt hatten, wollte ich einen dunkelblauen Anzug probieren, der mit passender Krawatte und weißem Hemd bestimmt super in das gehobene Ambiente der Wiener Oper passte. Doch Grazia legte ihre Stirn in Falten und auch Gloria schüttelte energisch den Kopf. »No, no, no, no. No!« Sie sah sich im Laden um. Da erhellte sich ihr Gesicht und sie zeigte in den hinteren Bereich des Geschäftes. »La!« Gloria nahm mich an der Hand und zog mich hinter sich her, während Grazia mich von rückwärts anschob.

»No wedding, no funeral«, machte ich einen kleinen Scherz, als ich die Kleidungsstücke sah, die hier hingen. Ich wedelte mit meinem Zeigefinger wie ein Scheibenwischer hin und her und schüttelte den Kopf. Weder wollte ich heute heiraten, noch stand eine Beerdigung an. Doch die beiden verstanden offenbar nicht und drängten mich direkt in Richtung der Ankleidekabinen. Sie deuteten mir hineinzugehen und mich drinnen schon mal auszuziehen. Was blieb mir übrig? Ich war ihnen ausgeliefert. Flucht war undenkbar, denn wie wäre ich denn dann vor den Freundinnen von Estelle dagestanden? Auf meinem Geschmack zu beharren war ebenso unmöglich, das hätte mir als unhöflich ausgelegt werden können, immerhin wollten mir die beiden doch nur helfen! Seufzend zog ich mich in der Kabine aus. In modischen Dingen war ich nicht sehr affin, schon gar nicht bei Abendgarderobe, ganz anders als die beiden. Mein Blick fiel auf mein Spiegelbild. Nanu, was hatte ich denn da für Flecken in meinem Gesicht? Rasch rieb ich knallrote Lippenstiftspuren von meinen Wangen. Echt jetzt? So lief ich seit unserer Begrüßung vor einer Stunde durch die Gegend? Da wurde die Kabinentür unvermittelt aufgerissen. Gloria reichte mir eine schwarze Hose, einen Frack und ein weißes Hemd. Wie schrecklich! Trotzdem schlüpfte ich ohne zu murren hinein. Als ich aus der Kabine trat und mich in dem großen Spiegel ansah, musste ich spontan auflachen. Mit dem steifen Zylinderhut, der das Outfit komplett machte, sah ich wie ein Dressurreiter aus, dem das Pferd abgehauen war.

»Mhhh, c'est bien? Tu n'aimes pas ça?«, fragte Gloria und legte den Kopf schief, als sie mich musterte. Ob ich mir gefiele? Ich schüttelte den Kopf, worauf sich ihre Mundwinkel, trotz der anormalen Fülle ihrer Lippen, leicht nach unten bogen.

»Ca là?« Grazia hielt mir eine Alternative vor die Nase.

»C'est ça!«, rief Gloria und nickte begeistert. Mit dem neuen Fund schickten sie mich zum Umziehen zurück.

»Olé«, rief ich, als ich in dem neuen Dress vor die Damen trat und deutete mit meinen Händen an, dass ich ein Tuch seitlich vor meinem Körper schwingen würde. Also wirklich! In dem rotglänzenden Smoking mit dem Kummerbund aus schwarzem Satin sah ich aus wie ein Stierkämpfer. Total lächerlich! »No. No.«, setzte ich mich durch. Die Französinnen schürzten ihre Lippen zu Schmollmündern und zogen wieder los.

Jetzt kamen sie mit einem Teil an, das ich schon von weitem verdächtig schimmern sah und das mich farblich an eine goldene Diskokugel aus den 1970er Jahren erinnerte. Sofort sträubte sich alles in mir, aber Gloria zeigte auf ihre Armbanduhr. Es war 15 Minuten vor drei! Sie deutete mit dem Daumen nach oben, ignorierte meinen Protest und schob mich mit dem feinen Zwirn in die Kabine. Als ich kurz darauf hinaustrat, klatschten meine Begleiterinnen. »Génial«, riefen sie voller Begeisterung. Ich musterte mich kritisch. In dem goldschimmernden Anzugsakko mit Stehkragen, doppelseitiger Knopfleiste, der Anzugweste und dem Plastron könnte ich mich sofort unter die Teilnehmer des Karnevals von Venedig mischen, ohne auch nur eine Sekunde aufzufallen. Fehlte nur noch eine Glitzermaske. Am allerschlimmsten war das kratzige weiße Hemd, das ich darunter trug. Ich wand mich hin und her, vielleicht hatte ich eine allergische Reaktion? Aber Grazia schaute auf ihre Uhr und hob ihre Hand mit den ausgestreckten Fingern in die Luft. Oje, nur noch fünf Minuten!

»The Shoes. « Gloria hatte farblich passende Lackschuhe in Gold aufgestöbert. Eine Beleidigung für die Augen. Trotzdem schlüpfte ich resigniert hinein und merkte sofort, dass sie zu klein waren.

»Liebe Kunden. Wir schließen jetzt, bitte kommen Sie zur Kasse, wenn Sie noch kaufen möchten«, hörten wir eine Durchsage. Ich atmete tief durch.

»That's it?«, fragte ich die Damen bereits etwas ermüdet und streckte die Arme von meinem Körper, damit sie mich noch einmal begutachten konnten. Ich fühlte mich nicht angezogen, sondern verkleidet. Aber die beiden wussten als Modeexpertinnen bestimmt besser als ich, was en vogue war.

»C'est ça!«, riefen sie begeistert. Grazia klatschte in die Hände und Gloria klopfte mir fröhlich auf die Schultern.

In dem Moment begann das Verkaufspersonal, das ja auch endlich den Silvestertag begehen wollte, die Rollbalken hinunterzulassen.

Ich holte in Windeseile meine Straßenkleidung aus der Kabine. »Stop!«, rief ich, während wir, angezogen wie ich war, zur nächsten Kasse hasteten. Meine Kreditkarte wurde mit beinahe fünfhundert Euro belastet! Aber um Estelle zu gefallen, war ich bereit, alles zu geben.

»J'ai faim«, stöhnte Gloria, sobald wir aus dem Laden kamen und rieb sich mit leidendem Gesichtsausdruck und einer kreisenden Handbewegung über ihren Bauch.

»Ja, ich bin auch sehr hungrig!«, antwortete ich. Mein Magen knurrte, es war ja bereits fortgeschrittener Nachmittag. Wo war Estelle? In der Zwischenzeit hatte es keine neue Nachricht von ihr gegeben. Ihre arme Tante, die musste sich echt schlimm geschnitten haben. Gloria schoss noch ein Selfie von uns vor dem Geschäft. Mit dem international bekannten Handzeichen für Nahrungsaufnahme hatten wir uns darauf verständigt, etwas essen zu gehen. Im Restaurant würde ich meiner Burgherrin dann gleich noch einmal schreiben.

***

Meine Hoffnungen, mich in einem kleinen gemütlichen Restaurant mit österreichischer Hausmannskost stärken zu können, zerschlugen sich, als wir ein französisches Gourmet-Restaurant namens Bon Goût betraten. Unsere Schritte wurden von schweren, weinroten Teppichen gedämpft und ein eleganter Kellner im schwarzen Anzug führte uns an einen dunklen Mahagonitisch, der mit einem blütenweißen Tischtuch, edlen Weingläsern und feinem Porzellan eingedeckt war. Gloria und Grazia schwatzten mit dem Kellner in ihrer Muttersprache und bestellten gleich für mich mit. Mit maximaler Disziplin unterdrückte ich den Drang, mich am Oberkörper zu kratzen. Aus welchem Material war denn dieser Stoff? Das permanente Scharren auf der Haut war kaum zu ertragen. Der Garçon servierte mit einer tiefen Verbeugung eine Flasche Champagner, worauf die beiden Französinnen abwechselnd auf dessen Etikett und dann auf sich selbst deuteten, dabei plapperten sie irgendetwas. Keine Ahnung, was sie mir da wieder mitteilen wollten, aber ich nickte höflich. Und bat um Wasser, denn ich wollte Estelle gleich nüchtern und nicht beschwipst gegenübertreten. Dazu wurden mikroskopisch kleine Kaviarschnittchen serviert. Die Laune der Französinnen stieg mit dem perlenden Schaumgetränk und Gloria machte noch mehr Schnappschüsse. Dann vertieften wir uns in unsere Mobiltelefone wie gelangweilte Teenager bei McDonalds.

Ich schrieb: »Hallo Estelle, wie geht es deiner Tante? Ich hoffe mein neuer Anzug gefällt dir, Gloria und Grazia sind begeistert! Jetzt sind wir im Bon Goût und essen etwas, kommst du zu uns?« Ich schickte ihr gleich noch den Link mit der Wegbeschreibung. Kurz darauf wurde auch schon die Hauptmahlzeit serviert. Der Duft von Kräuterbutter, Knoblauch und Basilikum erfüllte die Luft und ließ mir das Wasser im Mund zusammenlaufen. Bis mein Teller vor mir stand. *Pfui, Schnecken!* Trotz meines riesigen Hungers verkrampfte sich mein Magen vor Abneigung. Sollte ich aufbegehren und mir etwas anderes bestellen? Das würde aber ziemlich stillos und kleinkariert auf meine Begleiterinnen wirken, oder? Als würde ich die gehobene französische Küche ablehnen, was ja eigentlich stimmte, aber ich wollte doch einen guten Eindruck auf sie machen und weltmännisch wirken! Wenn Estelle dann hier wäre, würden sie sich bestimmt untereinander austauschen. Am liebsten hätte ich mich nur an dem beigegebenen krossen Baguette satt gegessen, aber das würde nicht sehr kultiviert wirken. Gloria machte noch ein paar Fotos, dann ging es los. *Bon appétit!* Ich beobachtete Grazia aus dem Augenwinkel. Routiniert fixierte sie das Schneckengehäuse mit einer speziellen Zange und fuhr gleichzeitig mit einer langzahnigen Gabel in den kleinen Sarkophag des Weichtieres. Sie zog einen klumpigen grünen Batzen heraus und ließ ihn sich genüsslich in den Mund gleiten. Ich versuchte, den aufkommenden Würgereiz wegzuhusten. Denk an was anderes, schnell. Das Prozedere erinnerte mich an die Zange des Ohrenarztes, der Hannah damals die kleine Perle aus dem Ohr geholt hatte! Nur dass er sich das Fundstück danach nicht in den Mund gesteckt hatte. Ich wandte mich zögerlich meinem eigenen Teller zu. Mein mieses Gehirn präsentierte mir Erinnerungen von dicken, schleimigen Weinbergschnecken, die sich mit ihrem hellbraunen Häuschen auf dem Rücken durch ein Blatt fraßen und lustig mit ihren kleinen Fühlern wackelten. Ich spürte, wie sich kalter Schweiß auf meiner Stirn bildete und die Kaviareier von vorhin in meinem Magen zurück nach oben drängten. Jetzt aber los! Grazia schaute schon so komisch zu mir herüber! Und musste Gloria dauernd Fotos machen? Zum Äußersten entschlossen fuhr ich mit der Zange in das Schneckengehäuse, fischte den kleinen Brocken heraus und schob ihn mir sofort in den Mund. »Mhhhmmm«, ahmte ich Grazias genießerische Reaktion auf ihren ersten Happen nach und schloss die Augen, die ich sonst ganz sicher verdreht hätte. Rasch biss ich das arme Ding zweimal durch und würgte es dann fast unzerkaut hinunter. Nur nicht über die Konsistenz nachdenken … Das extreme Knoblaucharoma überdeckte zum Glück jeden Eigengeschmack, sofern vorhanden. Na, das war doch gar nicht so schlimm gewesen! Also eigentlich schon, aber trotzdem wiederholte ich den Vorgang an weiteren vier Tierchen, dann schob ich meinen Teller von mir. »Satt!«, log ich und legte einen Arm matt auf meinen Bauch, um zu zeigen, wie voll ich war. Und stürzte ein ganzes Glas Wasser in einem Zug hinunter. Den Französinnen schien der Champagner schon ordentlich zu Kopf gestiegen zu sein, denn sie kicherten die ganze Zeit. Kein Wunder, die beiden hatten gemeinsam mittlerweile eine ganze Flasche gekippt. Endlich piepste mein Handy wieder und kündigte eine neue Nachricht an. Jetzt würde Estelle bestimmt jeden Moment kommen.

»Ich bin jetzt auf dem Weg in die Stadt! Lass uns doch direkt in der Oper drinnen am Buffet treffen, dann können wir schon einmal auf das neue Jahr anstoßen und ein wenig quatschen, okay? Ich schick dir den QR-Code des Tickets, den du am Eingang vorweist. Ich freu mich schon so sehr auf dich! Küsse,

Estelle«, schrieb sie. Küsse, Estelle! Als ich das las, beschleunigte sich mein Atem und die leichte Erschöpfung, die sich nach dem ermüdenden Tag breitmachte, war vergessen. Es war Zeit, mich von Gloria und Grazia zu verabschieden, wobei sich meine Traurigkeit darüber in Grenzen hielt. Ein bisschen schräg waren die beiden schon. Ich erklärte ihnen mit Händen und Füssen, dass ich Estelle jetzt in der Oper treffen würde und ließ mir vom Kellner die Rechnung bringen. Als ich sie überflog, stockte mir kurz der Atem. Gesalzene Preise hatten die hier! Doch ich zückte anstandslos meine Visa Karte. Natürlich lud ich die beiden ein, das gehörte sich ja wohl so. Draußen machten wir noch das obligatorische Selfie, dann verabschiedete ich mich von den beiden in genau derselben Art, wie auch schon unsere Begrüßung stattgefunden hatte. Im Geist notierte ich mir: Gesicht beim nächsten Spiegel auf Spuren von Lippenstift checken.

Während des zwanzigminütigen Fußweges vom Restaurant zur Wiener Staatsoper stieg meine Aufregung wieder steil an. Allerdings brachten mich meine Füße beinahe um, die falsche Schuhgröße rächte sich gerade fürchterlich. Jeder Schritt schmerzte wie die Hölle. Am liebsten hätte ich die goldenen Lackstücke sofort mit meinen bequemen Stiefeln getauscht, die ich gemeinsamen mit meinen anderen Sachen in einer Tragetasche mitschleppte, aber wie würde das Aussehen. Zähne zusammenbeißen und weiter, lautete die Devise! Außerdem fiel mir auf, dass Gloria leider Estelles rosa Rosen mitgenommen hatte.

***

Es läutete gerade zum dritten Mal. Bis jetzt hatte ich vor dem Opernbuffet ausgeharrt, aber nun musste ich hineingehen. Während der eineinhalbstündigen Wartezeit an einem Stehtisch waren mir die belustigten Blicke einiger anderer Gäste auf meinen Anzug nicht entgangen. Die hatten wohl keine Ahnung von Mode! Meine letzte kleine Hoffnung war nun, dass sich Estelle entgegen unserer Abmachung vielleicht bereits auf ihrem Sitzplatz befand. Doch wie ich befürchtet hatte, war der linke Stuhl neben dem meinem leer. Sehnsuchtsvoll hielt ich meinen Blick an den nächsten Eingang geheftet. Vielleicht würde sie jeden Augenblick mit ihrem weiten wunderschönen Lächeln um die Ecke stürmen. Meine letzte Nachricht an Estelle, bevor der Vorhang sich öffnete, lautete: »Es geht los, wo bist du? Ich mach mir langsam Sorgen um dich, ist alles okay? Kuss, Lars«. Dann musste ich das Handy leise stellen und einstecken, denn die Vorstellung begann. Obwohl mit der *Fledermaus* zum Glück ein leichtes Stück auf dem Plan stand, konnte ich die Vorführung überhaupt nicht genießen. Ganz im Gegenteil. Erstens war es immer noch eine Oper, was für sich allein schon schlimm war, denn die grellen Sopranstimmen bohrten sich unangenehm in meine Gehörgänge. Darüber hinaus verursachten die zu engen Schuhe stechende Schmerzen in meinen Zehen, als wären sie gebrochen. Drittens kratzte das Hemd so schlimm, dass ich es mir am liebsten sofort vom Leib gerissen hätte. Viertens klebte der Geschmack von Knoblauch und Kräuterbutter an meinem Gaumen und erinnerte mich permanent an das, was ich gegessen hatte. Dies schürte ein Gefühl latenter Übelkeit und Aufstoßen in mir. Aber am furchtbarsten und kaum zu ertragen war die Sorge um Estelle, die mich beinahe um den Verstand brachte.

***

Mit Standing Ovations war die Vorstellung eben zu Ende gegangen. Der frenetische Applaus ebbte langsam ab.
Ich fühlte eine bleierne Schwere in mir und verstand die
Welt nicht mehr. Estelle war nicht gekommen und sie
hatte auch nicht auf meine Nachrichten geantwortet, die
ich ihr in der Pause geschickt hatte. Sollte ich Matthias
Ehrenfelsen, Estelles Bruder verständigen? Vielleicht war
ihr etwas zugestoßen? Ratlos machte ich mich auf den
Weg nach draußen, um die Tüte mit meiner Alltagbeklei-
dung von der Garderobe abzuholen, als mein Mobiltelefon
eine eingehende WhatsApp-Nachricht ankündigte. Mit
rasendem Puls öffnete ich die Mitteilung, die doch endlich
von Estelle eingetroffen war.

*»Willkommen in der Welt der Stars und Sternchen! Endlich
stehst du selbst einmal ganz groß im Mittelpunkt. Leider bist du
nicht ganz so gut dabei weggekommen, aber dafür lieben dich
Glorias Instagram-Follower! Schau selbst, unter: gloriaderoche-
fort. Ruf mich nie wieder an, schreibe mir nicht und untersteh
dich, noch einmal bei mir aufzutauchen«.*

OH MEIN GOTT! Ich ließ mich auf eine der Bänke fallen, die im Opernfoyer aufgestellt waren. Meine Finger
zitterten, als ich die Instagram-App auf meinem Mobiltelefon öffnete und den genannten Account aufrief. Er hatte
über fünfhunderttausend Abonnenten! Beim Anblick des
ersten Blogbeitrages vergaß ich, wieder auszuatmen. Er
zeigte mich, als ich mich zu Beginn des Tages zwischen
den Französinnen in Pose gesetzt hatte. Mein unnatürli-
ches Grinsen und die roten Farbkleckse auf meinen Wangen, die von Glorias Lippenstift herrührten, gaben dem
Bild etwas sehr Skurriles. Sie verliehen mir einen Hauch
von Lady Gaga nach einem Make-Up-Unfall! Als nächstes

konnte man mich mit starrer Mine und verwuscheltem Haar vor einem wandfüllenden Regal voller High Heels sehen. Danach stand mir purste Verzweiflung ins Gesicht geschrieben, als ich mit zusammengepressten Lippen zwischen meinen lachenden Begleiterinnen im goldenen Glitzeranzug vorgeführt wurde. Wie John Travolta bei seinem größten Fehlkauf 1977! *Schmierfink verarscht* ☺, stand in deutscher und offensichtlich übersetzt in französischer Sprache darunter. Es ging weiter mit einer Serie von Bildern, auf denen ich mir mit geschlossenen Augen grüne Schnecken in den Mund schob. Und auf den Abschiedsfotos lachten dann sowieso nur noch Gloria und Grazia, dafür aber umso aufgekratzter. *Klatschreporter reingelegt!*, las ich. Mir wurde schwarz vor Augen.

Estelle

Wenn es nicht so wehtun würde, würde ich mich wie Gloria vor Lachen auf dem pompösen Himmelbett der Hotelsuite wälzen. Sogar Grazia hatte ihre Haltung verloren und wischte sich Tränen aus den Augen. Unser Komplott, das wir gemeinsam geschmiedet hatten, nachdem Roxy mich in Frankreich verständigt hatte, war voll aufgegangen. Meine beste Freundin hatte mich bei diesem Telefonat schonend darüber in Kenntnis gesetzt, dass sie den Mann, der mein Herz erobert hatte, mit offen zur Schau gestelltem Presseausweis der *Goldenen Revue* bei einer Sportveranstaltung in Villach gesehen hatte! »Roxy, du musst dich irren«, hatte ich voller Überzeugung geantwortet. »Das war nicht mein Lars, den du gesehen hast. Niemals.« Er war verliebt in mich, so wie ich in ihn. Das hatte ich gefühlt und es war aufrichtig gewesen. Zuerst bei unseren tiefen Blicken während unserer ersten Treffen, dann bei den prickelnden Küssen zu Weihnachten. Das zwischen uns war etwas Besonderes, sogar etwas Einmaliges, Magisches. Und außerdem war er ein ehrlicher Handwerker. Ein Maler und Anstreicher, kein Reporter dieser widerlichen Zeitung. Roxy musste sich geirrt haben. Ich hätte meine Hand für ihn ins Feuer gelegt. Und wäre ab sofort einarmig durchs Leben gegangen. Denn nachdem ich aufgelegt hatte, hatten wir die Webseite des Revolverblatts unter die Lupe genommen. Im Impressum waren die Mitarbeiter mit Bildern der von ihnen verfassten Artikel verlinkt. Lars war tatsächlich L. Krämer, der verhasste Schmierfink! *Estelle Ehrenfelsen: Droht jetzt der Absturz?* war von ihm höchstpersönlich verfasst worden. Die Erkenntnis hatte mir schier den Boden unter den Füssen weggerissen und ich war auf der Chaiselongue buchstäblich zusammengebrochen. Nach dem ersten Schock kamen die Tränen. Sehr viele Tränen. Wie hatte er mir das nur antun können? Er hatte sich in mein Leben und in mein Herz geschlichen, um … ja warum eigentlich? Um seine Karriere voranzutreiben? Was für verleumderische Zeitungsenten über mich hätte er als nächstes auf den Weg geschickt? Was für ein bösartiger Mensch war er und wie hatte ich mich so sehr in ihm täuschen können? Im Lauf der nächsten Stunden hatte ich abwechselnd an Glorias und Grazias Schultern geweint, bis sich die Trauer, befeuert von meinen Freundinnen, allmählich in Wut transformiert hatte. Wie hatte er mein Vertrauen nur so missbrauchen können?

Zum Glück waren wir ihm rechtzeitig auf die Schliche gekommen. »Ich rufe ihn an und mache ihn zur Schnecke«, hatte ich erklärt und wollte schon zum Handy greifen.

»Nein, diese Reaktion ist viel zu milde! Er muss richtig leiden! Sende eine Fuhre Gülle, so wie du das schon einmal gemacht hast«, rief Gloria.

Grazias Augen verengten sich zu schmalen Schlitzen. »Ich finde, das ist immer noch viel zu sanft für diesen Drecksack. Und außerdem sollte deine Rache schon ein bisschen mehr Stil haben, finde ich. Mit einem Wort, sie sollte feudaler sein. Ich hätte da schon eine Idee …«

So hatten wir begonnen, meine Abrechnung mit Lars zu planen. Und die war mehr als aufgegangen, denn Lars' Silvestertag war ein Instagram-Hit geworden und hatte in kürzester Zeit über siebzehntausend Likes bekommen. Obwohl er es so etwas von verdient hatte, bloßgestellt zu werden und unser Plan zu hundert Prozent aufgegangen war, konnte ich mich nicht richtig darüber freuen. Mir war echt nicht mehr zu helfen! Anstatt mich mit den Schwestern über die Schnappschüsse des reingelegten Deutschen zu amüsieren, fielen mir, wenn ich ehrlich war, vor allem seine tiefgründigen grauen Augen, sein intensiver Blick und sein ansprechendes Gesicht auf den Instagram Bildern auf, die immer noch Hitze in mir auslösten. Ich musste völlig den Verstand und die Kontrolle über meine Gefühle verloren haben. Vielleicht sollte ich mich doch etwas locker machen und mit den Schwestern Champagner trinken? Bestimmt würde mir das helfen, Lars zu vergessen. Aber nein, ich hatte doch überhaupt keine Lust auf Alkohol. Er würde vermutlich die Schwermut weiter steigern, die im Begriff war, Besitz von meinem Herz zu ergreifen. Es war fünf Minuten vor Mitternacht am 31.12. und es gab nichts, worüber ich mich im neuen Jahr freute. Außer auf meine Familie: Vater, Mutter, Mäxchen, Roxy, Annette und Matthias. Und Bobby. Diese Meute war mein einziger Lichtblick unter meinen sonst grauen und tristen Zukunftsaussichten. Lars hatte mein Urvertrauen zerstört und meine Überzeugung, dass sich im Leben immer alles zum Guten wandte.

Kapitel 17
Neujahr, 2. Januar

Estelle

Am zweiten Januar öffnete ich den Souvenirladen um Punkt neun Uhr. Seufzend betrat ich mein kleines Geschäft, goss die Zimmerpalme und fuhr den Computer hoch. Trotz der Traurigkeit, die ich empfand, musste das Leben irgendwie weitergehen. Ich hielt mir dessen schöne Seiten vor Augen: Vater war in der Adventzeit richtig aufgeblüht, in der wir uns bemüht hatten, ein *Weihnachten wie damals* für ihn zu gestalten. Und bis auf seinen unfreiwilligen Ausflug am Heiligen Abend war es uns auch total gelungen. Das Krippenspiel und das Chorsingen waren die absoluten Höhepunkte des Dezembers gewesen. Unser Plan war aufgegangen und wir hatten die Vergangenheit für Papa wieder aufleben lassen. Das Leuchten in seinen Augen würde ich niemals vergessen, in denen ich den kleinen Jungen erkannt hatte, der er einmal gewesen war. Dieser Ausdruck hatte mir ganz deutlich seine riesengroße Freude gezeigt. Da ging die Tür auf.

»Guten Morgen!« Eine Familie mit zwei Kindern trat ein. »Bitte vier Eintrittskarten mit Führung.« Während den Weihnachtsferien kamen viele Familien mit Kindern und der Andrang war gleich am Morgen groß. Laufend kamen Besucher, um Tickets oder ein Souvenir zu kaufen. Dass ich die ganze Zeit über gut beschäftigt war, empfand ich als meine Rettung. Sonst wäre ich nicht aus dem Grübeln über Lars und das, was mir passiert war, herausgekommen. Kurz nach dem Mittag wurde ein kleines Paket von einem Zustelldienst geliefert. Vermutlich hätte es nicht hier, sondern beim Burgbüro abgegeben werden sollen. Nein, es war tatsächlich für mich. *Ich* war die Empfängerin und die Adresse war jene des Souvenirshops. Vielleicht waren das die Muster mit den neuen Shirts, die ich bestellt hatte? Ich öffnete den steifen Karton und zu meiner Überraschung befanden sich fünfzehn rosa Rosen darin! Sofort wusste ich, wer sie mir geschickt hatte und meine Vermutung bestätigte sich bei einem genaueren Blick auf die beigelegte Karte: Im Absenderfeld stand *Lars Krämer,* aber über seinen Namen und Anschrift hinaus befand sich keine persönliche Nachricht darin. Ich hatte ihm ja verboten mich anzurufen, herzukommen oder zu schreiben. Blumen zu schicken aber nicht. Ganz ähnliche wie diese hier, hatte Gloria ihm zu Silvester abgeluchst, die er eigentlich für mich gekauft hatte. Allerdings waren es zwanzig Stück gewesen. Wie immer, schien der Deutsche auch jetzt die falschen Emotionen in mir zu wecken. Statt Wut darüber, dass er mich immer noch nicht in Ruhe ließ, machte sich noch mehr Traurigkeit in mir breit. Es war vorbei, wollte er das nicht einsehen? Warum quälte er mein Herz weiterhin? Eigentlich hätte ich den Strauß sofort zurückschicken oder in die Tonne werfen sollen. Stattdessen ging ich zum Restaurant hinüber und holte eine Vase und füllte Wasser ein. Was konnten die herrlichen Blumen dafür? Es wäre viel zu schade um sie, fand ich. Versonnen zupfte ich sie zurecht und ärgerte mich ein wenig darüber, wie schön ich sie fand. Später, als gerade kein Kunde im Laden war, googelte ich die Symbolik der Blumensprache: fünfzehn Stück, um jemanden um Verzeihung zu bitten. Zwanzig, um auszudrücken, dass man es ernst meinte. Rosa Rosen als Symbol der Unschuld. What? Meine Mundwinkel pressten sich empört zusammen. Das war aber ziemlich frei interpretiert!

Vier Tage später wiederholte sich der Vorgang und es wurden wieder fünfzehn Rosen geliefert. Er musste komplett den Verstand verloren haben, wenn er dachte, dass ich ihm verzeihen oder ihm jemals wieder vertrauen könnte. Das würde nicht geschehen, egal wieviel Geld er für Rosen ausgab und mich mit seiner Blumensprache einzulullen versuchte.

***

Die Wochen vergingen und Ende Januar hatte ich bereits fünf Sträuße im Geschäft stehen, die jeweils ohne Karte oder Erklärung alle vier Tage von einem Botendienst abgegeben worden waren. Dem Restaurant waren mittlerweile die Vasen ausgegangen und ich deponierte die Sträuße in Sektkübeln. In meinem kleinen Souvenirladen duftete es süß und lieblich, als wäre mitten im Winter der Frühling ausgebrochen. Mir war nicht klar, was Lars damit bezweckte, denn ich hatte nicht vor, mich bei ihm zu melden oder ihm jemals zu verzeihen. Mein Verstand sagte, dass ich froh sein sollte, den Kerl los zu sein. Doch mein Herz sagte mir mit dieser Traurigkeit, die ich empfand, etwas anderes. Aus Lars und mir hätte etwas werden können, flüsterte es. Wenn nur die Zeitungsente und die

Goldene Revue nicht gewesen wären. War es etwa *das* gewesen, was er mir am Silvesterabend gestehen wollte? Dass *er* der Schmierfink war? Nun würde ich es nie mehr erfahren und mittlerweile war es ja auch egal. Mit uns war es aus und vorbei.

Es war Freitagnachmittag und ich war mit Roxy verabredet, wir wollten nach Klagenfurt ins Kino. Kurz bevor ich das Geschäft zusperrte, trat sie ein.

»Was ist denn hier los? Hast du einen neuen Verehrer?«, fragte sie überrascht und schnupperte an einem der üppigen Sträuße, die ich regelmäßig neu wässerte und von denen ich die welken Stängel und Blätter immer sorgfältig entfernte.

»Sagen wir so: es handelt sich nicht um einen *neuen* Verehrer«.

Sie war seit Weihnachten nicht hier gewesen und staunte nicht schlecht, als sie von Lars' Sendungen fuhr. Ich hatte ihr zwar erzählt, dass ich Blumen von Lars erhalten hatte, aber das Ausmaß seiner Hartnäckigkeit wurde ihr erst jetzt klar.

»Und es ist nie eine Nachricht dabei?«, fragte sie erstaunt. Ich verneinte und erklärte ihr die Symbolik, die sich hinter der Anzahl der Blumen verbarg.

»Findest du es seltsam, dass ich sie behalte?«, fragte ich und zupfte verlegen ein hängendes Blatt ab. »Eigentlich sollte ich sie ihm ja postwendend zurückschicken, oder?«

Roxy trat mit geöffneten Armen auf mich zu. Sie umarmte mich und es tat gut, meinen Kopf auf ihre Schulter zu legen. »Süße, ich weiß, es hat dich ganz schrecklich erwischt. Mit euch beiden ist das seltsam. Ich kann mich nicht erinnern, dass ich jemals zwei Menschen gesehen habe, die sich so verliebt angeguckt haben wie Lars und du!« Sie strich mir über den Rücken. »Aber die Enttäuschung, als er sich als der Zeitungs-Schmierfink herausstellte, war unfassbar.«

»Ja, es ist seltsam, nicht? Wie konnte ich mich nur so in ihm täuschen?«, klagte ich.

»Hast du eigentlich je daran gedacht, ihn anzuhören? Was er dazu zu sagen hat?«, fragte Roxy. Ich löste mich von ihr und sah sie erstaunt an. Sie strich mir liebevoll eine Haarsträhne hinter mein Ohr. »Denk doch nur, wenn du vor ein paar Wochen nicht auf mich zugekommen wärst, hätten wir wegen nichts und wieder nichts unsere Freundschaft verloren! Was für ein Irrsinn! Schau mich doch nicht so aufgebracht an ... du weißt doch, wie das Leben manchmal verrücktspielt und Menschen Umstände aufzwingt, die sie gar nicht so gewollt hatten.«

Ich schüttelte meinen Kopf und dachte an die vielen Tränen der Trauer und der Wut, die ich erst wegen dem Verlust meiner Freundschaft zu Roxy letztes Jahr, dann wegen der Zeitungsente im Dezember und dann wegen Lars selbst geweint hatte. Wenn ich tief in mich hineinhorchte, wusste ich, dass ich ihn vermisste und immer noch verliebt in ihn war. Aber die Enttäuschung über die Farce, die er mir vorgespielt hatte, war zu groß. »Ich glaube, ich kann das nicht«, antwortete ich deshalb. Er hatte mich angelogen, mir über Wochen hinweg etwas vorgemacht. Das war keine kleine Notlüge gewesen. Deswegen war mein Vertrauen in ihn unwiederbringlich zerstört und eine Beziehung undenkbar.

***

Weitere Tage vergingen und ich stürzte mich in die Arbeit. Meine Schwägerin Annette und ich hatten die Idee zu einem Sortiment an Fruchtkonfitüren geboren, die wir als regionale Spezialität ab der nächsten Ernte in der Restaurantküche zubereiten und hier im Shop anbieten wollten. Das dauerte zwar noch, aber immer, wenn zwischendurch Zeit war, dachte ich über das Design der Etiketten nach und suchte nach schönen Beispielen im Internet. Gerade war ich wieder einmal in meine Ideen vertieft und saß hinter der Verkaufstheke an meinem Laptop, als die Tür aufging und ich aus den Augenwinkeln eine Frau in einem eleganten grünen Mantel wahrnahm. Ohne sich im Laden umzusehen, kam sie direkt auf mich zu.

»Hallo? Sind Sie Estelle?«, fragte sie und lächelte mich freundlich an. Ich nickte. Was die Frau mit dem brünetten Pferdeschwanz und den schönen, katzenhaften Augen wohl von mir wollte? »Entschuldigen Sie, dass ich Sie so überfalle. Darf ich Sie kurz sprechen? Mein Name ist Sabine Krämer. Ich bin die Ex-Frau von Lars.«

»Oh«, antwortete ich baff und erhob mich von meinem Arbeitsplatz, um ihr auf Augenhöhe zu begegnen. Im Laden hatte ich nicht die Möglichkeit, ihr einen Sitzplatz anzubieten. Ich war mir gerade aber auch nicht sicher, ob ich das überhaupt wollte. »Klar.«

»Wenn Sie einverstanden sind, komme ich am besten direkt zur Sache, Sie haben ja zu arbeiten, wie ich sehe. Wie Lars vielleicht erzählt hat, hatten wir ein sehr schlechtes Verhältnis zueinander. Aber kurz nach dem Jahreswechsel ist Lars sehr überraschend auf mich zugekommen und wir haben uns das erste Mal seit unserer Trennung unterhalten. Damit meine ich, wir haben *richtig* und sehr

176

lange miteinander gesprochen, ohne Zynismus, Häme, oder Schuldzuweisungen, so wie sonst immer.« Sie öffnete ihren Mantel, mit dem es ihr im Laden bestimmt ziemlich warm war. Ich verschränkte meine Arme vor meinem Körper.

»Ich habe während unserer Trennung, und auch danach, so einiges getan, was nicht in Ordnung war. Und Lars auch. Aber nun haben wir uns unsere Sichten der Dinge gegenseitig nähergebracht und uns dann tatsächlich verziehen. Und wir haben einen Neuanfang als geschiedene Eltern gemacht, die eine gemeinsame Verantwortung für ihr Kind haben.« Sie lächelte mich offen an. »Letzte Woche waren wir alle gemeinsam Essen, sogar mit meinem neuen Partner. Hannah war so glücklich. Und ich bin es auch. Ich bin überzeugt, dass jetzt für uns alle ein neuer, besserer Lebensabschnitt begonnen hat.«

Aber warum berichtete sie mir das alles, was hatte ich denn damit tun? »Das ist ja wunderbar! Das freut mich sehr für Hannah, sie ist ein großartiges Mädchen. Und für Sie natürlich auch. Ich habe Ihre Tochter im Dezember kennengelernt, sie war eine der Hirtinnen in unserem Krippenspiel«, sagte ich.

»Ja, ich weiß! Hannah hat mir schon so viel von Ihnen erzählt! Und von Isabel, Lucky, Mäxchen und Bobby auch.« Sie zeigte auf die Riesendogge meines Bruders, die ausgestreckt neben dem Heizkörper lag und leise schnarchte.

»Ja«, sagte ich und musste lachen. »Manchmal vergesse ich ihn fast, weil er so lange unbeweglich liegen kann, so wie jetzt gerade.«

Kurz hatte Sabine grinsend zu Bobby hinuntergeschaut, dann wurde sie wieder ernst. »Lars hat angedeutet, wie sehr er Sie mag und wie tief er bereut, was zwischen Ihnen beiden passiert ist. Und dass er nur deshalb auf mich zugekommen ist und wir uns ausgesprochen haben, weil Sie ihn dazu ermutigt hatten.«

Ich senkte den Kopf und blickte zur Seite.

»Deshalb bin ich hier. Er hat sich verändert in letzter Zeit, er ist nicht mehr derselbe. Ich würde Lars aus ganzem Herzen auch mal wieder ein wenig Glück gönnen. Er hatte es nicht leicht in den letzten Jahren. Bitte fassen Sie das nicht als Anmaßung meinerseits auf, es steht mir ja nicht zu, mich einzumischen, aber ... vielleicht würden Sie es in Betracht ziehen, sich Lars' Standpunkt anzuhören?«

In diesem Moment ging die Tür auf und zwei ältere Ehepaare traten ein. Mein Blick hing immer noch an Lars' Ex-Frau. Wie bitte? Hatte sie gerade vorgeschlagen, ich solle mit Lars sprechen?

Sabine Krämer trat zurück, um die Kunden mit einer einladenden Handbewegung zu mir vorzulassen. Die neu eingetretenen Damen begannen, sich im Laden umzusehen.

»Danke sehr!«, sagte einer der Männer und schob sich an Sabine Krämer vorbei. Dabei musste er um Bobby herumlaufen, der kein Ohr rührte. »Kommen wir noch rechtzeitig zur Führung um sechzehn Uhr?«

Irritiert über den abrupten Themenwechsel rang ich kurz damit, meine Fassung wiederzuerlangen. »Ja, der Treffpunkt ist in fünf Minuten. Gleich gegenüber, beim Brunnen im Burghof.« Ich zeigte aus dem Fenster in die Richtung, in die sie gehen mussten.

»Super. Ich nehme vier Tickets bitte, was macht das?«, fragte mein Kunde und zückte eilig seine Brieftasche, während ich den Kauf in den Computer eintippte und den Druck der Karten anstieß.

Sabine hatte derweil ihren Mantel wieder zugeknöpft und wandte sich zur Tür. »Auf Wiedersehen!« Sie lächelte, winkte noch einmal kurz und verschwand so schnell, wie sie gekommen war. Offensichtlich war sie alles losgeworden, was sie mir zu sagen hatte. Kurz danach verließen auch meine Kunden das Geschäft, um den Start ihrer Führung nicht zu verpassen und ich blieb allein mit Bobby zurück. Was für ein seltsamer Auftritt war denn das eben gewesen? Damit wurde mir jetzt schon zum zweiten Mal ans Herz gelegt, mir seine Seite anzuhören. Sabine Krämers Worte hallten in mir nach, sie durchdrangen mich aber nicht. Mir seinen Blickwinkel anzusehen? Wozu? Der Sachverhalt war sonnenklar für mich. Lars war ein mieser Schreiberling, der sich in mein Leben eingeschleust und mein Vertrauen erschlichen hatte, um daraus Kapital für seine Karriere zu schlagen. Und seine Präsenz war brandgefährlich für mich. Wenn ich ihm gegenüberstünde, wäre mein Herz gegen alle Vernunft akut in Gefahr, wieder von ihm gefangen genommen zu werden. Das wusste ich doch genau. Und noch einmal von ihm verletzt zu werden, würde ich nicht ertragen!

Kapitel 18
Valentinstag

Estelle
Ende Januar hatten die Blumenlieferungen so abrupt aufgehört, wie sie begonnen hatten. Ein paar Tage später

entfernte ich die letzten Rosen, deren welke Köpfe traurig herabhingen. Eigentlich hätte ich froh darüber sein sollen, dass Lars mich endlich in Ruhe ließ und ich mit ihm abschließen konnte. Gegenüber meiner Schwägerin Annette gab ich mich erleichtert, als ich ihr davon erzählte. Innerlich war ich aber noch nicht so weit und fühlte mich so fröhlich wie die verdorrten Pflanzen in der Tonne. Deshalb hielt ich mich permanent beschäftigt. Nicht zu viel nachdenken, lautete meine Devise.

Am Donnerstag hatte ich frei und unsere Mitarbeiterin Erika übernahm den Verkauf im Souvenirladen für mich. Nach dem Frühstück fuhr ich mit meinem Neffen Maximilian auf einem verschneiten Hügel Schlitten und den Nachmittag verbrachte ich mit meinem Vater. Weil draußen ein eisiger Wind wehte, machten wir einen kleinen Spaziergang durch die Burg und vertraten uns ganz einfach da die Beine, was eine gute Alternative zu einem Spaziergang im Freien war. Zwischen den steinernen Wänden und knarzenden Böden fühlte Vater sich besonders wohl, denn hier drinnen veränderte sich kaum je etwas und die Zeit schien still zu stehen. Wir hielten vor der wandfüllenden Stammtafel unserer Familie, die Papa immer wieder gern betrachtete. Er studierte die Namen und Jahreszahlen, die paarweise in einer kleinen Blase standen. Von den meisten der Kreise, von denen jeder eine Ehe symbolisierte, gingen weitere Verästelungen mit den Namen der daraus entstandenen Kinder ab, die in der nächsten Linie dann mit einem Spross eines anderen Geschlechts selbst wieder ein Pärchen bildeten. Ganz unten im Familienbaum stand mein Name allein in einem Kreis. Ich hatte meinen Eintrag bekommen, kurz nachdem ich geboren worden war. Als ich jünger war, war ich selbstverständlich davon ausgegangen, dass mir in meiner Bubble auch einmal jemand zur Seite stehen würde. Und dass das nicht irgendwer, sondern meine große Liebe sein würde.

Papa unterbrach meine Gedanken. »Hier bin ich. Und hier ist deine Mama«, sagte er und deutete auf die Enden der sich kreuzenden Linien der Vorfahren meiner Eltern, als würden wir heute zum ersten Mal vor dieser Ahnentafel stehen. »Von uns gibt es Verästelungen zu Matthias und dir.«

»Und Matthias hat sich mit Annette schon wieder weiter in Maximilian fortgepflanzt«, ergänzte ich.

»Genau«, schmunzelte Papa. »Und irgendwann wirst du auch einen Ehemann und einen Sprössling haben, oder mehrere. Kinder meine ich, nicht Ehemänner. Vielleicht schon bald«, sagte er und zwinkerte mir verschmitzt zu.

»Vielleicht bleibe ich lieber bis zum Ende meiner Tage allein, dann muss ich meinen Kringel mit niemandem teilen«, antwortete ich feixend und überspielte die Traurigkeit, die unvermittelt wieder in mir hochstieg. Da hatte es einen Mann gegeben, der dieses prickelnde Gefühl in mir ausgelöst hatte. Mein naives Herz hatte mir sogar weismachen wollen, dass *er* der Mann für meine Lebensblase sein konnte. Nun wusste ich es aber besser und würde in Zukunft mehr auf meinen Verstand hören. Lars taugte bestimmt nicht für eine Verewigung auf dieser Wand. Ich hatte meiner Familie alles über das Drama mit dem Deutschen erzählt, aber Papa waren die Details meines Desasters in der Zwischenzeit bestimmt wieder entfallen.

»Aber zu zweit ist das Leben um so vieles schöner. Glaub mir, mein Schatz, einmal wirst auch du deinem Ritter begegnen. Das passiert vielleicht ganz plötzlich und anders, als du es dir zuvor ausgemalt hast«, sagte Papa.

»Na ja, so konkrete Vorstellungen hatte ich eigentlich nie. Du weißt ja, wie ich bin: Auf einen Edelmann, der auf seinem weißen Ross angaloppiert kommt und mich abholt, habe ich sowieso nie gewartet«, antwortete ich und überlegte kurz, ehe ich weitersprach. »Aber mittlerweile weiß ich ganz genau, was ich will. Wenn ich meine Bubble für jemanden öffne, dann nur für jemanden, den ich bedingungslos liebe. Es muss dieses bestimmte, einzigarte Gefühl da sein, das mein Herz schneller schlagen lässt, wenn ich ihn ansehe. Und außerdem muss ich bei diesem Mann sicher sein, dass ich mich blind auf ihn verlassen kann, und umgekehrt. Ich wünsche mir jemanden an meiner Seite, der mich niemals hintergeht, wissentlich belügt oder täuscht. Mit einem Wort: Ich möchte eine Beziehung führen, die so perfekt ist wie die von Mutter und dir. Ob ich dieser Person jemals begegnen werde, zweifle ich mittlerweile aber stark an.«

»Hm…«, brummte Vater nachdenklich. »Kind, du darfst nicht glauben, dass die Liebe deiner Eltern nicht auch schwierige Zeiten erlebt hat. Ganz im Gegenteil.«

»Natürlich, so wie jede Ehe. Aber du hast Mama wohl nie bewusst belogen und ihr vorgegaukelt, jemand zu sein, der du nicht warst?«

Papa schwieg sekundenlang. »Wollen wir uns mal hinsetzen?«, fragte er schließlich und deutete auf eine Bank hinter uns, die für Besucher zum Ausruhen aufgestellt worden war. »Ich glaube, ich muss dir etwas erzählen.«

Was kam denn jetzt? Für die Aufrichtigkeit und Ehrlichkeit meines Vaters würde ich meine Hand ins Feuer legen! Ups, welche denn? Die verbliebene, die noch nicht abgefackelt war, weil ich die andere für Lars, zum Glück nur rhetorisch, auch schon an die Flammen verloren hatte? Nein, bei meinem Vater war das etwas anderes, bei ihm war ich mir zu hundert Prozent sicher, dass er niemals so eine Lars-Show gegenüber Mutter abgezogen hatte.

Nachdem wir Platz genommen hatten, räusperte Papa sich. »Du kennst ja die Geschichte, wie Mama und ich die Burg aus der Schuldenmisere gerettet haben. Aber ein paar Details davon haben wir bislang nicht an die große Glocke gehängt, die ich dir jetzt aber erzählen will. In den frühen 1980er Jahren brachte die Erhaltung dieses alten Gemäuers meine Eltern an ihre Grenzen. Als noch dazu ein Blitz in den Bergfried einschlug, war er sogar einsturzgefährdet. Trotz einer bereits bestehenden, sehr hohen Überschuldung mussten neue Kredite her, um eine umfassende Sanierung durchführen zu können. Die Bank wollte die Mittel nur noch gewähren, wenn als Sicherheit fast das gesamte Familienvermögen gegeben wurde. Die Burg, der Wald, die Grundstücke am See und die Landwirtschaft. Nur die Villa im Ort blieb als Alterssitz für die Eltern außen vor. Sie waren damals kurz vor ihrem Ruhestand und hatten nicht mehr die Kraft, sich noch einmal aufzubäumen und zu kämpfen. Deswegen waren sie drauf und dran, die Burg aufzugeben. Doch das konnte ich nicht zulassen. Ich überredete meine Eltern, mir, ihrem Sohn Ende Dreißig, der bis dahin nichts Besonderes im Leben vollbracht hatte, den gesamten Familienbesitz samt Schulden zu überschreiben, um alles auf eine Karte zu setzen.

Gleichzeitig stockte die Bank die Kredite auf, womit ich ein bis unter die morschen Dachbalken verschuldeter Burgherr war. Im Prinzip besaß ich gar nichts, außer einer Vision von unserem mittelalterlichen Familiensitz, der der Nachwelt erhalten bleiben sollte. So viel Geschichte von Kärnten ist hier geschrieben, wenn nicht sogar entschieden worden! Dieser Ort durfte nicht verloren gehen. Deswegen nahm ich es auf mich und arbeitete danach Tag und Nacht im Forst und in der Landwirtschaft, um die Kredite abzustottern. Es war eine harte Zeit«. Seine Mimik wurde einen Moment lang ernst und nachdenklich. Ein seltener Anblick bei meinem sonst meist fröhlichem Papa. Es war bewundernswert, was er damals geleistet hatte. »Ich war ungebunden und hatte eigentlich vor, es auch zu bleiben. Denn ich konnte mir nicht vorstellen, dass es eine Frau gab, die sich das hier antun wollte.« Seine Hand beschrieb einen Kreis im Raum. »Um alles abzubezahlen, stünden mir noch Jahrzehnte der Plackerei bevor. Noch dazu war ich, was die Damen betraf, sehr wählerisch und es gab in meinem Umfeld keine Frau, die mich ernsthaft interessierte.« Er zeigte auf ein Porträt meiner Oma, das die Wand links von uns zierte. »Meine Mutter war wegen meines damals beinahe einsiedlerischen Lebens besorgt und überredete mich, zu einem Treffen unserer weitläufigen Verwandtschaft in die Champagne zu fahren, um endlich wieder einmal von Kärnten wegzukommen, wie sie sagte.« Er lehnte sich zurück und sein Blick wurde sanft. »Dort traf ich auf deine Mutter Charlotte. Als ich ihr das erste Mal in die Augen sah, war es um mich geschehen … noch nie im Leben war mir so etwas passiert. Es war Liebe auf den ersten Blick. Mir ist es wie dem Bergfried gegangen, der durch den Blitz in seinen Grundfesten erschüttert worden war. Aber sie war so jung! Mit ihren dreiundzwanzig Jahren war ich um fünfzehn Jahre älter als sie! Mir kam dieser Unterschied zu groß vor und ich hielt es, entgegen dem Wunsch meines Herzens, für besser, mich von ihr fernzuhalten. Doch sie suchte ständig meine Nähe und tauchte überall dort auf, wo ich war. Wenn wir dann zusammen waren, spürte ich dieses heftige Kribbeln in meinem Bauch und ein elektrisierendes Knistern schien in der Luft zu liegen. Bald glaubte ich daran, dass sie ebenso in mich verliebt war, wie ich in sie. Allerdings gab es einen hartnäckigen Nebenbuhler: sein Name war Alphonse de Saint-Clément. Ein furchtbarer, stinkreicher Schnösel, der deine Mutter permanent umgarnt hat. Es war nicht zu ertragen! Er wollte sie zu Ausfahrten mit seinem Rolls Royce mitnehmen und warf mit dem Geld seiner Eltern nur so um sich. Ständig prahlte er mit dem Immobilienbesitz seiner Familie und einer eigenen Jacht an der Côte d'Azur. Da fühlte ich mich unter Zugzwang und wollte wenigstens ansatzweise mithalten. Neben dem angeberischen Alphonse brachte ich es nicht über mich, zur Wahrheit zu stehen. Nämlich, dass ich ein armer Schlucker war, der nichts besaß außer einem Haufen Schulden. Deswegen schwärmte ich Charlotte von meinem angeblichen feudalen Leben in Kärnten vor. Ich erzählte von meiner Burg, dem See und dem Wald. Und erwähnte nicht, dass de facto nichts davon mir gehörte, sondern alles meinen Gläubigern. Binnen dieser wenigen Tage konnte ich mir ein Leben ohne deine Mutter nicht mehr vorstellen, so sehr hatte ich mich in sie verliebt. Natürlich hätte ich ihr die Wahrheit beichten sollen, sobald es sich abzeichnete, dass es ernster zwischen uns wurde. Aber ich tat es nicht, aus kurzsichtiger, dummer Angst, sie gleich wieder zu verlieren. Einige Wochen nach meinem Aufenthalt in der Champagne besuchte Charlotte mich hier, in Ehrenfelsen. Ich weiß, meine Schwindelei war purer Wahnsinn und ich hatte mir fest vorgenommen, sofort am nächsten Tag reinen Tisch zu machen. Aber dann kam alles anders. Am Morgen nach ihrer Ankunft wollten wir gerade mit dem Bentley zu einer Ausfahrt an den Wörthersee aufbrechen, als der Gerichtsvollzieher auftauchte! Ich hatte den Oldtimer als Sicherheit für einen kleineren Kredit gegeben, den ich nicht zurückzahlen konnte. Er pfändete mir den Wagen direkt unter dem Hintern weg. Das war die demütigendste Szene meines ganzen Lebens, das kann ich dir sagen. Am liebsten wäre ich für immer in einem Erdloch verschwunden. Und meine arme Charlotte, die selbst aus einem gut situierten Haus stammte, musste das alles miterleben. Sie war fassungslos. Und als der erste Schock vorüber war, war sie zu Recht so richtig sauer und wütend auf mich. Nicht, weil sie mit mir auf den großen Fang gehofft hatte, da wäre sie bei Alphonse richtig gewesen, sondern weil ich mich für etwas ausgegeben hatte, das ich nicht war und sie angelogen hatte.« Vater ließ die Schultern sinken und rieb sich die Stirn. »Zum Glück hörte sie mich an und ließ mich ihr erklären, wie es zu dieser Lüge gekommen war. Und gottseidank gab sie mir eine zweite Chance, sodass wir uns noch einmal kennenlernen konnten. Ich war nicht der reiche Erbe, der ihr ein sorgloses Leben bieten konnte, sondern einer, der eine Vision hatte und hart dafür arbeitete. Gottseidank mochte sie die letztere Version von mir aber ohnehin lieber und blieb bei mir.

Es folgten wunderschöne gemeinsame Jahre, eigentlich ein ganzes Leben. Den Rest kannst du hier auf der Wand nachlesen. Hm … aber warum erzähle ich dir das eigentlich alles? Na egal, jetzt weißt du es.« Er lachte und schaute versonnen auf den Stammbaum gegenüber.

Oha! Ich schloss den Mund wieder, der mir vor Erstaunen aufgeklappt war. Das hätte ich niemals gedacht! Da hatte Vater sich aber ein starkes Stück geleistet. Wie ich wohl an der Stelle meiner Mutter reagiert hätte? Vermutlich nicht so großherzig und tolerant wie sie. Mama hatte Papa verziehen, obwohl sie ganz schön heftig angeschwindelt und getäuscht worden war. Zwar anders als ich von Lars, aber doch auch in einem sehr essenziellen Detail. War es doch ein gravierender Unterschied, ob man sich an der Seite eines reichen Mannes befand oder an der eines hoch Verschuldeten. Wie groß musste ihre Zuneigung zu ihm gewesen sein, dass sie ihrem Herzen vertraute! Bestimmt riesig, denn sie hatte ihm eine zweite Chance gegeben, woraus die bedingungslose Liebe erst entstehen konnte, die ihr ganzes Leben angehalten hatte. Niemals hätte ich vermutet, dass all das mit einer Unwahrheit begonnen hatte. Die Parallele zu meiner Situation lag auf der Hand. War meine Haltung zu starr? Hätte ich mir etwa doch Lars' Sicht der Dinge anhören sollen? So wie es Mutter gegenüber Vater gemacht hatte? Und wie es mir auch meine beste Freundin Roxy und Sabine, die Ex-Frau von Lars, ans Herz gelegt hatten? Immerhin wäre ich heute gar nicht auf der Welt, wenn Mutter damals so unbeweglich gewesen wäre wie ich. Außerdem hatte Lars zu Weihnachten ja angekündigt gehabt, dass er mir ein paar Tage später ein Geständnis machen wollte. Vielleicht hatte er da schon fest eingeplant, alles zu beichten, aber Roxy, die sein Geheimnis zufällig entdeckt hatte, war ihm zuvorgekommen. So wie sich das Auftauchen des Gerichtsvollziehers damals mit der Offenbarung meines Vaters überschnitten hatte. Ich war hin- und hergerissen. Sollte ich etwa doch einen Schritt auf Lars zu machen? Wir setzten unseren Gang durch die Burg fort. Es fiel mir schwer, mich auf weitere Unterhaltungen mit Vater zu konzentrieren, denn meine Gedanken kreisten unablässig um sein Bekenntnis, das Zweifel in mir ausgelöst hatte. Am späten Nachmittag fuhr ich Vater schließlich in die Villa der Eltern in den Ort zurück.

***

In dieser Nacht gelang es mir erst in den Morgenstunden, in den Schlaf zu finden. Dafür hatte sich nach dem Aufstehen ein Entschluss in mir gefestigt: Ja, ich wollte Lars eine Chance geben und mir seine Seite anhören. Allein durch diese vage Absicht fühlte ich mich gleich voller Energie, so wie seit jenem Tag nicht mehr, als ich die niederschmetternde Nachricht von Roxy in der Champagne erhalten hatte. Gleich schien mir dieser Februarmorgen nicht mehr so düster und kalt wie die Tage davor, obwohl das Thermometer unverändert drei Grad unter null anzeigte. Aber wie sollte ich vorgehen? Einfach anrufen? Oder eine WhatsApp schreiben? *Hallo Lars, wie geht's? Hast du dich von deinem Silvestertag mit Gloria und Grazia schon erholt …?* Oder vielleicht so: *Hallo Lars, obwohl die Enttäuschung tief sitzt, kann ich dich nicht vergessen …* Die richtigen Worte, die weder zu flapsig noch zu bedeutsam klangen, wollten mir nicht einfallen. Ein paar Mal hatte ich das Handy schon in der Hand gehabt, es aber jedes Mal mit klopfendem Herzen unverrichteter Dinge wieder zur Seite gelegt. Erneut nahm ich es an mich, surfte aber nur im Internet. Da blieb mein Blick an einer Google-Werbeanzeige hängen. »Am 14. Februar ist Valentinstag. Lass Blumen für dich sprechen.« Was für eine hervorragende Idee! *Lass Blumen für dich sprechen!* In drei Tagen stand dieser Brauch, Menschen zu beschenken, die einem am Herzen lagen, wieder einmal an. Vielleicht gab es eine Blume, die die richtige Botschaft für mich übermitteln konnte? Das hatte Lars auch so gemacht, indem er stets fünfzehn rosa Rosen geschickt und mich mit ihnen symbolhaft um Verzeihung gebeten hatte. In einer Google-Recherche fand ich heraus, dass das Maiglöckchen für einen *Neuanfang* stand. Ich horchte in mich hinein. War es das, was ich mir wünschte? Eigentlich schon, wenngleich ein möglicher Neubeginn zwischen uns beiden mit sehr vielen Fragezeichen behaftet war. Obwohl mein Herz es herbeisehnte, müsste Lars zunächst meinen Verstand mit einer schlüssigen Erklärung seines Verhaltens überzeugen. Leider blühten die Frühlingsboten meiner Wahl erst in drei Monaten. Als Kompromiss beschloss ich, anhand einer Anleitung aus dem Internet kurzerhand eine eigene Karte zu gestalten, mit dieser Pflanze auf dem Deckblatt. Denn abgesehen davon, dass ich nicht wusste, wie ich auf die Schnelle eine Karte mit Maiglöckchen-Motiv auftreiben sollte, war das auch viel persönlicher, als irgendeine gekaufte Karte zu verschicken.

***

Hallo Lars, danke für deine Rosen. Möchtest du auf einen Kaffee vorbeikommen? Estelle

Man würde nicht vermuten, dass ich an diesem Text das ganze Wochenende getüftelt hatte. Mit klopfendem Herzen betrachtete ich die zartgelbe Karte noch einmal. Auf ihrer Vorderseite hatte ich mit ein wenig Unterstützung von Annette aus grünem Kartonpapier drei einzelne Stängel mit jeweils zwei Blättern und einer weißen Blüte in Form eines Glöckchens aufgeklebt. Das sah sehr hübsch aus. Und der Text war freundlich und unaufdringlich. Wenn er mich nicht sehen wollte, dann könnte er die Karte ja ganz einfach in den Papierkorb werfen und mich vergessen. Aber an diese Möglichkeit dachte ich nicht ernsthaft, nach den vielen Rosen, die Lars mir bis vor Kurzem noch geschickt hatte. Ich schob meine Nachricht in einen Umschlag, auf dem ich seine Adresse in Klagenfurt mit der schönsten Handschrift geschrieben hatte, die ich mit meiner nervösen Hand zusammenbrachte.

Rechtzeitig vor dem Valentinstag gab ich meine Nachricht in unserer Postfiliale im Ort auf. Wie mir der Schalterbeamte versicherte, würde meine Sendung morgen, am vierzehnten Februar, ankommen. Wie würde er reagieren, wenn er meine Karte las? Würde er sich sofort ins Auto setzen und zu mir fahren? Oder würde er anrufen, um sich mit mir auf einen Kaffee zu verabreden? Oder per WhatsApp texten?

***

Am Valentinstag schloss ich mit erhöhtem Puls die Tür des Souvenirladens auf. Heute würde Lars seinen Briefkasten öffnen und mein Kuvert finden. Aber wann? Wahrscheinlich erst nach seinem Feierabend, also kein Grund, jetzt schon angespannt zu sein. Trotzdem hielt ich jedes Mal, wenn ich die Tür aufgehen hörte, den Atem an. Im

Geist sah ich seine hellgrauen Augen vor mir und seinen schön geschwungenen Mund, der mich verschmitzt anlächelte. Bestimmt wäre er dann genauso aufgeregt wie ich, wenn er durch diese Tür käme! Nach dreizehn Fehlalarmen holte ich mir eine Kanne heißes Wasser vom Burgrestaurant und bereitete mir einen *Stressless-Nerventee* zu, dessen Beutel ich doppelt so lange wie empfohlen ziehen ließ. Der Effekt der darin enthaltenen beruhigenden Kräuter Baldrian, Melisse und Weinbeere verpuffte allerdings wirkungslos in mir. Als am Nachmittag die Dämmerung einsetzte und es langsam stockfinster wurde, drehte ich wie ein hyperaktiver Hamster am Rad. Mit großer Wahrscheinlichkeit kam Lars genau jetzt von der Arbeit nach Hause und sah in diesem Moment seine Post durch. Vielleicht öffnete er gerade meinen Brief?

Das Handy, das ich auf dem Verkaufstresen abgelegt hatte, piepste! Trotz des dezenten Ruftons war ich zusammengezuckt wie vom Blitz getroffen. Mit drei schnellen Schritten war ich bei meinem Mobiltelefon und nahm es an mich. Hmpf, es war nur Matthias, mein Bruder! *Ob ich am Sonntagvormittag bei Maximilian babysitten könnte?* Aber sicher. Ich legte wieder auf und danach kroch die Zeit ohne weitere Anrufe oder eintreffende Besucher dahin. Schließlich war die Öffnungszeit meines Ladens vorüber, aber ich beschloss, noch ein paar Minuten anzuhängen. Ich ordnete die Ansichtskarten und richtete die Bücher über die Burg Ehrenfelsen Kante an Kante aus. Schließlich fuhr ich den PC hinunter, schaltete die Lichter aus und schloss ohne Eile die Tür hinter mir ab. Der Burghof war mir noch nie so leer und verlassen vorgekommen wie heute, keine Menschenseele war zu sehen.

In meinem Apartment versuchte ich mit einem Feuer im Schwedenofen die Kälte zu vertreiben. Bestimmt würde Lars etwas später anrufen, weil er lange arbeitete. Oder er würde morgen früh herkommen, überlegte ich. Der Abend verging, ohne dass ich einen Anruf oder eine Mitteilung erhielt und ich machte mich schließlich bettfertig. In der Nacht ließ ich mein Mobiltelefon auf laut geschaltet. Im Bett grübelte ich. Könnte es tatsächlich sein, dass Lars mich bereits aufgegeben und gar kein Interesse mehr an einem Neubeginn hatte? Ich stöhnte und wälzte mich im Bett hin und her.

***

Eine Woche später war ich komplett verunsichert. Lars war nicht gekommen. Er hatte weder angerufen, noch hatte er eine Nachricht geschickt. Wie hoch war die Wahrscheinlichkeit, dass meine Karte auf dem Postweg abhandengekommen war? Laut Internet schätzten Experten, dass der Anteil verlorengegangener Briefe im Promillebereich angesiedelt war. Hatte ich meine Post vielleicht doch an eine falsche Adresse geschickt? Nein, denn Lars hatte sie doch vor kurzem selbst als Absender auf die Blumenkarte geschrieben. Die bittere Wahrheit lautete wohl, dass Lars keine Lust hatte, Kaffee mit mir zu trinken! Es hatte keinen Sinn, mir noch länger etwas vorzumachen. Er wollte sich nicht mit mir aussprechen und meine Maiglöckchen ließen ihn kalt. Mich fröstelte es innerlich und äußerlich, als ob es auch in meinem Herzen Februar wäre. Am liebsten hätte ich mich bis Juni in meinem Bett verkrochen. Woher sollte ich die Lust und Energie zum Aufstehen, Arbeiten und Leben nehmen?

Mein Briefkasten quoll über. Dem Anschein nach hatten mir jedes einzelne Kärntner Möbelhaus und sämtliche Nahversorger während meiner zweiwöchigen Abwesenheit Informationsmaterial zugeschickt, und das mehrmals. Ich überlegte kurz, ob ich nach draußen gehen und den ganzen dicken Stapel Papier direkt in den Müll befördern sollte. Aber das ging ja nicht, denn zwischen der Werbung versteckten sich bestimmt Rechnungen, auf die ich mich auch besonders freute. Ich klemmte mir den Stoß aus dem Postfach unter den Arm, in der anderen Hand trug ich meinen Koffer die Treppe zu meinem Apartment im ersten Stock hinauf. Als ich die Tür öffnete, schlug mir der typische Duft einer verwaisten Wohnung entgegen: abgestandene, leicht muffige Luft. Der Geruch unterstrich noch einmal die Tatsache, dass hier niemand auf mich wartete oder mich willkommen hieß. An der Garderobe schlüpfte ich aus meinem Parka und streifte die Stiefel von den Füssen. Seufzend schob ich meinen Rollkoffer in den Wohnraum und legte den Poststapel auf dem Couchtisch ab, um ihn später durchzusehen. Erstmal sollte ich lüften, den Kühlschrank inspizieren und dann eine Einkaufsliste erstellen. Zum Glück war noch Kaffee da, den ich allerdings würde schwarz trinken müssen. Nach dem frühen Flug, der schon um sechs Uhr von Hamburg gestartet war, brauchte ich jetzt einen kräftigen Muntermacher! Ich füllte Wasser ein, löffelte das dunkle Pulver in die Filtermaschine und begann meine Liste zu schreiben, während das Gebräu langsam in die Kanne tröpfelte. Ich musste meine Wohnung so schnell wie möglich beleben, denn morgen würde Hannah für zwei Wochen bei mir einziehen. Nachdem ich über meinen Schatten gesprungen und auf Sabine zugegangen war, hatten wir uns lange ausgesprochen. Danach war sie mir unverhofft mit dem großzügigen Vorschlag entgegengekommen, nach dem unsere Tochter abwechselnd alle zwei Wochen bei mir und ihr leben könnte. Wie hatte ich mich darüber gefreut, und Hannah genauso! Künftig würden Sabine und ich uns die Fürsorge für unsere Tochter teilen. Diese neue Regelung ermöglichte es mir, endlich wieder mehr als nur ein Wochenend-Papa zu sein. Und gleichzeitig konnte ich auch erneut für das hochwertige Hamburger Magazin arbeiten, bei dem ich in meiner Zeit vor dem Umzug nach Kärnten beschäftigt gewesen war. Als deren neuer Österreich-Korrespondent würde ich hier vor Ort recherchieren und im Homeoffice schreiben und nur ab und zu nach Hamburg reisen, um an Redaktionssitzungen teilzunehmen. *Lief für mich*, könnte man meinen. Was das Berufliche und Familiäre anbelangte, auf jeden Fall. Denn ich hatte meinen guten Job wieder und der Rosenkrieg mit Sabine war beigelegt. Das war unglaublich schön und freute mich sehr. Trotzdem verdarb mir ein riesengroßer Wermutstropfen mein Glück. Dass ich es mit Estelle endgültig verdorben hatte, gab meinem Leben ein Gefühl von einem zu starken Campari-Orange, der hauptsächlich bitter schmeckte und dem die Süße und die Leichtigkeit fehlte. Ich nahm einen Schluck von meinem Kaffee und schüttelte mich prompt. Der unangenehm herbe, fast gallige Geschmack meines Getränks wäre auch ein treffender Vergleich, um meine Gemütslage zu beschreiben. Hatte ich ernsthaft gehofft, Estelle mit meiner Rosen-Offensive umstimmen zu können? Und sie vielleicht sogar zu einer

Nachricht oder einem Anruf zu bewegen? Ja, und das zeigte, wie hoffnungslos naiv ich war. Auf alle Fälle hatte ich mich bei Estelle entschuldigen wollen. Und insgeheim auf eine Reaktion gehofft. Aber die war nicht gekommen, weil ich sie zu sehr enttäuscht hatte. Die Rache, die sie zu Silvester mithilfe der beiden Französinnen an mir verübt hatte, war mir sowas von recht geschehen! Und jetzt ignorierte sie mich. Irgendwann hatte ich dann schließlich eingesehen, dass es aussichtslos war und aufgegeben, Estelle weiter mit Blumen zu bedrängen. Sogar zum Valentinstag hatte ich mich zurückhalten können. Doch gefühlsmäßig hatte ich noch keinen Schlussstrich unter unsere Romanze ziehen können. Auf einmal fühlte ich mich erschöpft und ließ mich kraftlos auf die Couch im Wohnzimmer fallen. In der kurzen Zeit, in der Estelle und ich uns gekannt hatten, hatte sie mein Herz für sich eingenommen. Der Gedanke an ihre strahlenden braunen Augen, ihre sanfte Stimme und unseren atemberaubenden Kuss zu Weihnachten löste ein wehmütiges Ziehen in meinem Brustkorb aus. Mit Estelle hätte ich mir einen richtigen Neuanfang meines Lebens im zweiten Anlauf vorstellen können. Doch ich Idiot hatte es mit meiner Zeitungsente versemmelt. Seufzend richtete ich mich auf und begann lustlos, den Stapel mit der Post durchzusortieren. Einen Werbeprospekt nach dem anderen legte ich auf einen Haufen, während ich die Briefe mit den Rechnungen gleich aufriss. Ich sollte den Laptop anwerfen und dringend ein paar Online-Überweisungen tätigen. Was war denn das? Ein zartgelbes Kuvert stach mir ins Auge, auf den mein Name und die Adresse manuell geschrieben worden waren. Was für eine schöne, anmutige Handschrift! Sie war leicht nach rechts geneigt und hatte gleichmäßige Bögen und Schwünge. Es war aber kein Absender auf dem Schreiben vermerkt. Rasch holte ich ein Messer aus der Küche und schnitt den Umschlag sauber an der oberen Kante auf. Hoffnung trieb mich, dass *sie* mir vielleicht geschrieben hatte? Mit klopfendem Herzen zog ich eine Karte in der Farbe des Kuverts heraus. Auf deren Vorderseite waren drei sorgsam aus grünem Tonpapier ausgeschnittene, grüne Blumenstängel mit Blättern aufgeklebt, deren obere Enden weiße Blüten zierten. Viel zu schön und künstlerisch, als dass meine kleine Tochter das hätte basteln können. Waren das … Maiglöckchen? Mit zitternden Fingern klappte ich die Karte auseinander.

»*Hallo Lars, danke für deine Rosen. Möchtest du auf einen Kaffee vorbeikommen? Estelle*« Mein Puls überstieg den Rhythmus eines Trommelwirbels und mein Brustkorb hob und senkte sich in rascher Abfolge. Lachend sprang ich auf die Beine, drückte einen Kuss auf das Kuvert und hastete zur Ausgangstür. Ich musste auf der Stelle zu Estelle fahren. Doch halt, noch schnell Geldbörse und Handy einstecken. Wann war der Brief denn eigentlich angekommen? Oje, der Poststempel trug bereits das Datum von vor zehn Tagen! Es war eine Karte zum Valentinstag gewesen. Estelle musste denken, dass ich mittlerweile das Interesse an ihr verloren hatte, weil keine Reaktion von mir eingetreten war!

***

Ich wollte nicht wissen, was für eine tiefere Bedeutung die Zahl einundzwanzig in Zusammenhang mit rosa Rosen hatte. Im Moment war es die Menge, die in der Blumenhandlung noch vorrätig war. Mit leeren Händen wollte ich nicht bei meiner Burgherrin auftauchen, obwohl es natürlich nicht besonders originell war, schon wieder Rosen zu bringen. Aber mir fiel partout in der Hektik nichts anderes ein. Danach raste ich in meinem blauen Kombi in Richtung Ehrenfelsen. Ich wollte keine weitere Minute mehr vergeuden. Meine Mundwinkel zuckten nach oben und in meinem Magen spürte ich ein nervöses Flattern, als die Burg auf der Anhöhe auftauchte. In Kürze konnte ich Estelle wiedersehen! Würde sie meine Entschuldigung annehmen und uns eine zweite Chance geben? Dann wäre ich der glücklichste Mann dieses Landes! Das letzte Stück ging es durch den Wald, dann den schmalen Weg bis zur Burgmauer hinauf, bis ich den Wagen am Besucherparkplatz anhielt. Fast wäre ich mit quietschenden Reifen zum Stehen gekommen, so eilig hatte ich es. Ich sprang hinaus und hastete den kurzen Weg zur Burg hinauf. Vor dem Haupteingang hielt ich noch einmal an und atmete drei Mal tief ein und aus. Unzählige Tennispartien hatte ich geschlagen, aber auf so eine angespannte Situation hatte mich nicht einmal meine Karriere im Spitzensport vorbereiten können. Ein letztes Mal blies ich die Luft aus den Wangen, dann ging ich durch das breite Steinportal und trat direkt auf den Souvenirladen zu.

Ich erlaubte mir keine weitere Sekunde des Zögerns und öffnete den Eingang mit Schwung. In der linken Hand hielt ich den Rosenstrauß. Ein halbes Dutzend Rentner verlangsamte seine Bewegungen und genauso viele Augenpaare sahen mich an. Das kleine Geschäft war rappelvoll mit Senioren auf der Suche nach Mitbringseln.

»Nicht so stürmisch, junger Mann«, krächzte einer der Grauhaarigen.

»Genau! Nicht immer so mit der Tür ins Haus fallen«, bellte ein anderer und die übrigen lachten. »Junges Fräulein, ich glaube, da möchte jemand zu Ihnen!«

»Oh, wie romantisch«, schwärmte eine Dame mit Hut und zwei ihrer Mitreisenden traten zur Seite, sodass ich einen freien Blick durch das Geschäft hatte. Hinter einem Verkaufstresen stand Estelle. Sie trug ein knielanges hellblaues Wollkleid, das ihre Figur sanft umspielte und einen wundervollen Kontrast zu ihrer dunklen Mähne mit den bunten Spitzen bildete. Mein Herzschlag peitschte das Blut durch meine Adern, so wie ich zuvor mein Auto durch das Kärntner Hinterland getrieben hatte.

Wir sahen uns an. Sie blinzelte. Ihre vollen Lippen öffneten sich, als würde sie, genau wie ich, um Atemluft ringen. Legte sich da eine zartrosa Färbung auf ihre Wangen? Das sah bezaubernd aus! Dann verlor ich mich in ihren karamellbraunen Augen und einen Wimpernschlag lang existierten nur wir beide in einem Paralleluniversum. Da erwiderte sie mein Lächeln, worauf mein Körper prompt reagierte und mir trotz des gut geheizten Raumes wohlige Schauer über den Rücken jagte, gleichzeitig war mein Mund staubtrocken.

»Nicht so schüchtern!«, zischte mir eine Rentnerin zu und holte mich ins Hier und Jetzt zurück. »Gehen Sie nur vor, wir haben Zeit.« Trotz der neugierigen Bande, die ihre Ohren spitzte, war jetzt der Moment der Wahrheit gekommen, der sich keine weitere Minute aufschieben ließ. Bis auf das Schnurren eines Druckers, der Eintrittstickets auswarf, war es mucksmäuschenstill.

Ich hielt den Blumenstrauß vor meinen Körper und ging langsam auf Estelle zu. Nur der Ladentisch stand noch zwischen der Burgherrin und mir. »Estelle, es tut mir alles so leid!«, sagte ich mit rauer Stimme und blendete die Zuhörer aus. Meinetwegen konnte die ganze Welt von meiner Dummheit erfahren. »Alles begann damit, dass die *Goldene Revue* mir als einzige Zeitschrift in ganz Klagenfurt einen Job als Reporter anbot.«

Als ich den Namen des Revolverblatts erwähnte, verschränkte Estelle prompt ihre Arme vor dem Oberkörper.

»Leider bin ich kein Handwerker, wie du bereits weißt. Das Schreiben ist mein Traumberuf. Ich hatte gehofft, eines Tages in die dortige Sportredaktion wechseln zu können. Um in mein Wunsch-Ressort zu kommen, musste ich alle möglichen Stories verfassen, auf die ich nicht stolz bin. Und dass ich diese Fake News über dich geschrieben habe, das tut mir unendlich leid!« Ich legte meine gesamte Aufrichtigkeit in meine Worte und sah Estelle ganz tief in die Augen. »Denn ich hatte mich doch schon bei unserem allerersten Treffen auf dem Weihnachtsmarkt in dich verschaut!«

Estelles Mine blieb unbewegt, ihre Haltung nach wie vor verschlossen.

»Nachdem der Artikel veröffentlicht war, hatte ich mir vorgenommen, weitere Aufeinandertreffen mit dir zu vermeiden. Als das wegen der Krippenspielproben nicht funktionierte, wollte ich wenigstens gefühlsmäßige Distanz zu dir aufrechthalten. Denn wegen der Zeitungsente und meiner Arbeit bei der *Goldenen Revue* wusste ich natürlich, dass du mich verachten und mich sofort rausschmeißen würdest, wenn die Wahrheit ans Licht käme. Aber meine Versuche, räumlich und emotional auf Abstand zu dir zu gehen, sind kläglich gescheitert. Ganz im

Gegenteil: Je öfter ich dich getroffen habe, desto mehr mochte ich dich, bis ich dir bald mit Haut und Haar verfallen war.« Die Worte kamen aus meinem tiefsten Herzen. Ich sprach sie nicht leichtfertig aus, aber auch ohne zu zögern. »Schließlich habe ich den Entschluss gefasst, dir nach Weihnachten alles zu beichten und reinen Tisch zu machen. Mit der tollkühnen Hoffnung, dass du mir vielleicht verzeihen würdest. Den Heiligabend wollte ich dir und deiner Familie aber keinesfalls mit meinem Geständnis verderben, deswegen zögerte ich damit. Und kurz darauf war es aber schon zu spät, denn dann hattest du die Wahrheit über mich und meinen Beruf bereits herausgefunden … Wie hast du sie eigentlich entdeckt?«

»Roxy hatte dich in der Alpenarena erkannt. Du hast weder nach links noch rechts geschaut und bist vom Pressebereich direkt an ihr vorbeimarschiert«, antwortete Estelle. »Sofort danach rief sie mich an und erzählte mir, wer du in Wirklichkeit bist und ich fiel aus allen Wolken. Das war ein Riesenschock für mich und eine bittere Enttäuschung. Zu der Zeit war ich gerade bei Gloria und Grazia in Frankreich und gemeinsam haben wir einen Racheplan ausgeheckt.« Wenigstens bei dieser Erinnerung zeigte Estelle jetzt wieder ihr offenes, wunderschönes Lächeln und ihre Augen hatten dieses einzigartige Glitzern, als ob ihre Iriden aus Kristallen von fein geriebenem Kandiszucker zusammengesetzt wären.

»Dieser unvergessliche Silvester geschah mir natürlich recht.« Meine Stimme hörte sich zerknirscht an. Wir standen uns gegenüber und Estelle legte ihre Hände auf die Theke. Dies ermutigte mich, mit den meinen dasselbe zu tun. Ich setzte die Blumen ab und streckte meine Finger nach ihren aus. Sie betrachtete sie, als würde sie ein Schmuckstück abschätzen. Dieser zärtliche Blick schürte weitere Hoffnung in mir.

»Mittlerweile habe ich bereits bei der *Goldenen Revue* gekündigt. Es tut mir so unsagbar leid, dass ich diesen Artikel über dich geschrieben und dich darüber getäuscht habe, wer ich in Wirklichkeit bin«, sagte ich betreten.

»Du hast am Jahreswechsel so richtig gelitten, oder?«, fragte sie. Ich hob den Kopf und in ihren Augen erkannte ich das charakteristische, kecke Funkeln.

»Machst du Witze? Du hast mich mit Gloria und Grazia zum Shoppen geschickt. Ich habe Schnecken gegessen! Und ich war mit einem goldenen Glitzeranzug, einem Hemd, dessen kratzenden Stoff man als pure Körperverletzung bezeichnen muss und viel zu kleinen Schuhen in der Oper! Mehr geht nicht!«, sagte ich und musste grinsen.

Estelle ließ ihr glockenhelles Lachen hören, bei dem mein Herz vor Freude einen kleinen Hüpfer machte.

»Könntest du dir vielleicht vorstellen, mir eine zweite Chance zu geben? Und dass wir noch einmal ganz von vorn beginnen?«, fragte ich kleinlaut. Meine Fingerspitzen, die nur noch eine Handbreit von ihren entfernt waren, hatten sich wie ein Jäger auf der Pirsch an die ihren angeschlichen. »Darf ich dich am Samstag zum Essen einladen?«

»Aaaawww«, seufzten mehrere Stimmen hinter mir und riefen mir in Erinnerung, dass wir nicht allein waren.

»Und, was ist denn nun?«, wollte die Dame mit Hut von Estelle wissen, die weiterhin schwieg.

Sie sah mich an wie einen Blumenstrauß, an dem sie abschätzte, wann die ersten Blüten welken würden. Doch schließlich lächelte sie und ich spürte die Berührung ihrer Fingerspitzen an den meinen. Ich legte meine Finger sanft auf ihre, worauf sie sich wie selbstverständlich ineinander verschränkten. Die kleine Geste rief ein Gefühl von einem inneren Rosenblütenregen in mir hervor und der Frühling brach an, einen Monat vor der Zeit.

»Holst du mich um achtzehn Uhr ab?«, fragte Estelle mit einem weiten warmen Lächeln, das Schmetterlinge in meinem Bauch schlüpfen ließ.

»Ich werde pünktlich sein«, antwortete ich und wusste, dass ich der allergrößte Glückspilz zwischen Klagenfurt und Hamburg war und soeben eine zweite Chance erhalten hatte.

Eine, die ich nicht vergeigen würde.

Kapitel 19
Neues Glück, 20. November

Estelle

Als ich auf Lars wartete, schlug ich noch einmal den Lokalteil der aktuellen Ausgabe der *Goldenen Revue* auf. Unser Foto war so schön! Als hätten Lars und ich vor einem romantischen Winterzauberwald dafür posiert, dabei war die Aufnahme vor einer Woche entstanden, ziemlich genau an der Stelle des Flughafens, an der ich auch jetzt gerade stand. *»Neues Glück für Estelle«*, tönte die Überschrift. Anders als bei den vorangegangenen Schnappschüssen mochte ich das Resultat diesmal aber sehr und auch der Inhalt der Story fand meine volle Zustimmung. Ein warmes Gefühl machte sich in meinem Magen breit und ich lächelte, denn das würde meinem Schatz bestimmt auch gefallen. Da hatte Lars' Ex-Kollege Peter Moser nicht gelogen, als er eine aufrichtige Berichterstattung in seinem Magazin versprochen und uns um ein Foto gebeten hatte. Die interessierten Leser wurden unter anderem darüber informiert, dass ich seit mehr als neun Monaten glücklich mit dem Hamburger Sportjournalisten Lars Krämer liiert war, der neuerdings auch für einen Sport-TV-Sender die ATP-Tennis-Turniere kommentierte. Das war endlich mal keine Zeitungsente und ich war froh, dass ich mich doch hatte umstimmen lassen und Peter Moser vertraut hatte. Er hatte eigentlich sehr nett gewirkt. Außerdem wurden in dem Bericht unsere Burg und das neue Hotel erwähnt, das wir eröffnen wollten. Und diese Publicity war natürlich Gold wert. Ich legte die Zeitschrift zusammen, denn gerade kamen die ersten Passagiere in den Ankunftsbereich, die vor kurzem mit der Maschine aus Turin gelandet waren. Mein Puls stieg. Wo war mein neues Glück? Ich wippte ungeduldig auf und ab. Da kam es schon! Mit einem breiten Lächeln im Gesicht eilte ich Lars entgegen. Oh Mann, er sah so gut aus in seiner hellblauen Jeans und der legeren dunkelgrünen Jacke, in der seine sportliche Figur richtig schön zur Geltung kam. Als er mich unter den Wartenden entdeckte, lächelte er weit und seine hellgrauen Augen strahlten. Sein Haar war nach der Reise etwas zerzaust und ich konnte es außerdem kaum abwarten, meine Finger über den sexy Bartschatten seiner Wange gleiten zu lassen. Er ließ seinen Rollkoffer und den dicken Rucksack, den er geschultert hatte, einfach stehen und lief mir die letzten Schritte entgegen, ehe ich mich lachend in seine Arme fallen ließ und er mich hochhob. Dann verschloss er meine Lippen mit seinen und ich fuhr mit meinen Fingern durch sein verwuscheltes Haar. Ob er in meinem Kuss und in meiner Berührung fühlen konnte, wie sehr ich ihn vermisst hatte? Ich hoffte es, denn es gab kein Wort, mit dem ich meine Sehnsucht, die ich die letzten sieben Tage hatte ertragen müssen, in Worte fassen könnte.

»Endlich hab ich dich wieder«, sagte er schließlich mit rauer Stimme, als wir uns voneinander lösten. Ich legte meine Arme um seinen Hals und die seinen lagen um meine Taille. Wir blickten uns tief in die Augen.

»Und ich dich! Wenigstens konnte ich den ganzen Tag deine Stimme hören. Im Souvenirladen liefen die Live-Übertragungen beziehungsweise Wiederholungen von den ATP-Finals ohne Pause. Ich bin mittlerweile auch eine Tennisexpertin.«

»Sehr gut«, antwortete Lars augenzwinkernd. »Dann nehme ich dich nächstes Mal als meine persönliche Assistentin mit!«

Ich lachte vergnügt und wir gingen Hand in Hand in Richtung Ausgang.

»Bist du müde?«, fragte ich rein rhetorisch und wartete seine Antwort gar nicht erst ab. »Hoffentlich nicht zu sehr, weil wir haben jetzt gleich einen sehr wichtigen Termin!«

»Hannah?«, fragte er und hob seine Augenbrauen hoffnungsvoll.

»Sabine und ich haben schon alles vereinbart, wir können sie in einer Stunde von der Schule abholen. Wenn wir zu Hause sind, musst du dich aber ein wenig hinlegen und ausruhen, du hast ja eine Woche fast non-stop durchgearbeitet!«, antwortete ich. Unsere kleine Patchworkfamilie hatte sich richtig gut eingespielt und ich hatte mich mit Sabine und Rolf in den vergangenen Monaten sogar angefreundet. Und Hannah hatte sowieso schon seit langem ihren festen Platz in meinem Herzen. Ich freute mich genauso wie Lars, dass wir sie gleich treffen und sie die kommenden zwei Wochen bei uns sein würde. Zum Glück war die Burg nicht allzu weit von Klagenfurt entfernt, sodass er die täglichen Fahrten zur Schule und wieder zurück problemlos unterbringen konnte.

»Du bist ein Schatz!« rief Lars und sah mich so zärtlich an, dass ich dahin schmolz. »Aber ich will mich ganz bestimmt nicht hinlegen, außer später, mit dir gemeinsam.« Dabei warf er mir einen vielsagenden Blick und ein verschmitztes Lächeln zu, bei dem sich mein Inneres freudig zusammenzog und mein Herz hüpfte. Eng umschlungen gingen wir weiter zum Parkplatz.

»Zu Hause muss ich erst einmal auspacken und ... wer weiß, vielleicht habe ich ja Geschenke mit?«, fragte Lars und grinste wie ein Honigkuchenpferd, während er seinen Rollkoffer und den proppenvollen Rucksack im Kofferraum des Kombis verstaute.

»Dein Gepäck sieht jedenfalls aus, als würde es jeden Moment aufplatzen«, antwortete ich. Für mich war Lars Geschenk genug und für mein Glück brauchte ich nichts anderes, als mit ihm zusammen zu sein.

Vor dem Einsteigen reichte ich ihm die *Goldene Revue,* die ich zwischenzeitlich unter den Arm geklemmt getragen hatte. »Lies mal auf Seite vierundzwanzig«, sagte ich und stieg auf der Fahrerseite ein. Während ich den Wagen durch Klagenfurt zu Hannahs Schule steuerte, studierte Lars unseren Zeitungsartikel. Von der Seite beobachtete ich, wie seine Mundwinkel sich nach oben bogen.

»Sehr schön geschrieben. Aber wie findest du den Schluss, wo er über das Läuten von Hochzeitsglocken spekuliert?«, fragte Lars und fixierte mich mit seinen grauen Augen. Zum Glück standen wir gerade an einer roten Ampel. Wenn Blicke etwas schmelzen lassen könnten, würde Lars mich gerade in einen anderen Aggregatzustand versetzen.

»Ich finde ihn sehr gelungen«, antwortete ich vielsagend und versank in seinen Augen, bis mich das Hupen des Wagens hinter uns wieder auf Spur brachte. Diese spezielle Frage, die Peter Moser aufgeworfen hatte, würde Lars zu einem späteren Zeitpunkt noch einmal zur Sprache bringen müssen. Ich grinste stumm. Das ging doch bestimmt noch besser?

Dann hatten wir unser Ziel erreicht. Als Hannah nach einigen Minuten herauskam und uns erblickte, rannte sie auf ihren Vater zu und warf sich in seine Arme. Lars hob sie hoch und wirbelte sie durch die Luft. Hannah quietschte und lachte aus vollem Hals, dann schmiegte sie sich eng an ihn. Was für eine große Liebe die beiden verband! Es rührte mich immer wieder, wenn ich Vater und Tochter zusammen sah. Bestimmt, weil ich in ihnen mich selbst und meinen eigenen, nunmehr alten, Papa wieder erkannte. Alles schien sich zu wiederholen und das war schön. Nachdem Hannah und ich uns auch mit einer innigen Umarmung begrüßt hatten, stiegen wir ins Auto ein und fuhren weiter Richtung Ehrenfelsen.

»Übrigens hat Gloria mich gestern angerufen. Sie hat jetzt einen neuen Freund, einen Briten. Es ist ein *Earl of Odd*, oder so ähnlich. Sie meinte, diesmal wäre es was

Ernstes. Zu Silvester werden wir ihn dann kennenlernen, wenn wir zu ihnen fahren.«

Lars lachte schnaubend auf. »Richte ihr bitte jetzt schon mal aus, dass ich ihm ganz fest die Daumen drücke!« Ich gab ihm spielerisch einen Knuff gegen das Knie. Lars hatte mit den Schwestern aus der Champagne einen denkbar schwierigen Start gehabt. Diesen September hatten sie sich bei unserem Herbstball wiedergesehen, aber das Eis zwischen ihnen war noch nicht ganz gebrochen. Der Ausdruck *Hassliebe* traf es ganz gut, um ihr Verhältnis zu charakterisieren. Vielleicht würden sie sich ja beim kommenden Silvesterfest besser vertragen. Manchmal benötigte eine Beziehung oder Freundschaft einfach einen zweiten oder auch dritten Anlauf. Denn es hatte sich bewahrheitet, dass man öfters mal einen Neubeginn wagen sollte. Selbst dann, wenn man enttäuscht worden war. Das bewiesen so viele Beispiele: Immerhin hatten Roxy und ich uns ausgesöhnt, genauso wie Lars und seine Ex-Frau Sabine, meine Eltern als sie jung waren, und natürlich mein Schatz und ich. Wenn ich nicht über meinen Schatten gesprungen wäre, hätte ich mein neues Glück glatt verpasst.

Gerade fuhren wir durch die vertrauten kleinen Dörfer und Wälder, die sich im Umland vor Ehrenfelsen befanden. Schließlich tauchte die Burg auf der Anhöhe vor uns auf, an deren Fassade die weihnachtlichen Lichterketten in goldgelbem Glanz erstrahlten. Glücksgefühle fluteten meinen Körper und ich lächelte.

»Wow, wie schön! « rief Hannah und ich freute mich, dass mein Apartment nun endlich wieder mit Leben gefüllt sein würde.

Wir parkten, entluden das Gepäck und passierten meinen kleinen Souvenirladen neben dem Hauptportal. Im Vorbeigehen warf ich einen Blick durch das weihnachtlich geschmückte Schaufenster. Drinnen schüttelten gerade ein paar Besucher die Schneekugeln und Erika druckte Tickets aus. Hannah war bereits neugierig vorausgelaufen, um sich die Stände anzusehen, die eben für den kommenden Weihnachtsmarkt aufgebaut wurden. Da waren ja auch Matthias und meine Eltern! Wir begrüßten uns und stellten uns zu ihnen.

»Bekomme ich zu Weihnachten eigentlich wieder meinen Eierpunsch?«, fragte Papa.

»Sicher, diese Weihnachten machen wir wieder alles genauso wie letztes Jahr! Also *fast* alles«, ergänzte ich rasch und dachte mit Schaudern an den Schreck im vergangenen Jahr zurück, als mein Vater abtrünnig gewesen war. Auf diese Art von Aufregung konnte ich liebend gern verzichten. Seit letztem Jahr hatte sich Vaters Gesundheitszustand zumindest nicht verschlechtert und ich genoss die Zeit bewusst, die wir zusammen hatten.

Jetzt pfiff gerade ein unangenehmer Wind die blanken Steinmauern entlang und ich kuschelte mich fröstelnd an Lars, der neben mir stand und mich an sich drückte.

Lars

Während ich meinen Koffer auspackte, machten Estelle und Hannah ein Feuer im Schwedenofen des Wohnraumes. Ha! Da hing ja mein goldener Anzug. Super, da hatte ich ja schon das perfekte Outfit für die Silvesterparty bei den verrückten Französinnen. Aus dem Rucksack holte ich meine Mitbringsel hervor: Ein Malbuch und eine Stoffpuppe für Hannah, die die Schwester von Miss Lotti sein könnte. Ich vergewisserte mich, dass Estelle mich nicht beobachtete und holte das kleine Kästchen aus dem Rucksack. Vorhin, als ich im Auto die Andeutung über die Hochzeitsglocken gemacht hatte, hatte sie wenigstens nicht komplett ablehnend gewirkt und gelacht oder so. Es bestand also Hoffnung, dass sie *Ja* sagen würde! Ich ließ die schmale Schatulle rasch in die Seitentasche meines Hoodies gleiten, denn ich hörte Schritte hinter mir.

»Schau mal, ich habe eine Überraschung für dich!« Estelle hielt fröhlich schmunzelnd einen Teller in der Hand.

Auf dem waren ja ... »Vanillekipferl?«, rief ich voller Freude und sog den himmlischen Duft von Zucker und Nüssen in mich auf. »Danke mein Schatz, die liebe ich am allermeisten!«

»Und ich auch!«, sagte sie lächelnd. Wir küssten uns zärtlich und fütterten uns dann gegenseitig mit ein paar Stücken des köstlichen Gebäcks. Heute würden wir zeitig zu Bett gehen, das war sicher.

»Machen wir jetzt den Rundgang und sperren ab?«, fragte ich und Estelle nickte.

Bei der allabendlichen Kontrolle wurde sicherheitshalber geschaut, ob kein Besucher die Zeit vergessen hatte, und erst dann wurde die Tür zur Burgausstellung während der Nacht geschlossen. Hand in Hand gingen wir an den Ritterrüstungen, Schautafeln und Ölgemälden entlang und schritten durch die Gänge, in denen sich niemand mehr aufhielt. Estelle pfiff das Lied *Feliz Navidad* und ich versuchte meine Nervosität zu überdecken, indem ich es ihr gleichtat. Mein Puls beschleunigte sich noch einmal, als wir die breite Wand mit dem Stammbaum der Ehrenfelsener Dynastie passierten. Estelle sah mich verwundert an, als ich langsamer wurde und sie sanft an der Hand zog.

»Hm, was gibt's?« fragte sie, als wir schließlich ganz stehen blieben.

Als ich mein rechtes Knie beugte und aus der tiefen Seitentasche meines Hoodies das kleine Kästchen holte, klappte ihr vor Erstaunen der Mund auf. Ich öffnete es, sodass der zarte goldene Ring zum Vorschein kam. Aus ihrem Mund kam ein kleiner Schrei.

»Estelle. Würdest du … willst du … möchtest du meine Frau werden und das Leben und deinen Platz an dieser Wand mit mir teilen?« Ich atmete heftig.

Estelle kicherte.

»Warum lachst du? Und wie ist deine Antwort?«, fragte ich beunruhigt. Wollte sie mich etwa nicht heiraten?

»Meine Antwort ist natürlich ja!«, hauchte sie und ich sprang vor Freude auf die Beine. Danach küssten wir uns innig.

Sie unterbrach unsere Zärtlichkeit. »Und ich musste lachen, weil ich felsenfest davon ausgegangen bin, solltest du mir jemals einen Heiratsantrag machen, würdest du sicher mit Rosen kommen.«

Jetzt klappte mir der Mund auf und ich tippte mir mit der flachen Hand gegen die Stirn. Natürlich! Wie hatte ich nur die Blumen vergessen können? »Dabei weiß ich noch ganz genau von meiner Recherche: Bei einem Heiratsantrag müssen es genau hundertacht Stück sein! Ich verspreche dir, das hole ich nach!«

Estelle lachte vergnügt und ich verschloss ihren Mund mit meinen Lippen.

Nachwort und Dank

Liebe Leserinnen und Leser!

Ich bedanke mich ganz herzlich dafür, dass ihr »Vanillekipferl für zwei« gelesen und ein paar Stunden mit mir in Österreich verbracht habt. Ich hoffe, ihr habt die Geschichte von Estelle und Lars genossen. Das Schreiben daran hat mir große Freude bereitet.

Wenn euch mein Buch gefallen hat, würde ich mich über eine Bewertung oder sogar eine kleine Rezension sehr freuen!

Desweiteren bedanke ich mich bei meiner lieben Lektorin Katharina Strzoda, die mir wie immer nicht nur bei meinem Manuskript, sondern auch bei Titel und Klappentext zur Seite gestanden ist. Vielen Dank auch an Birgit van Troyen für das Korrektorat und Torsten Sohrmann für das Cover.

Danke an meine Unterstützer zu Hause, das sind mein Mann, meine Kinder und meine Eltern, sowie auf den sozialen Netzwerken. Merci an alle LeserInnen, BloggerInnen und alle RezensentInnen, die meine bisherigen Bücher auf Instagram, Facebook, Lovelybooks, Amazon und auf anderen Plattformen bewertet haben.

Es würde mich freuen, von euch zu hören. Ich bin auf den sozialen Medien aktiv und über Nachrichten via E-Mail (maggie@uhmann.at), Instagram (maggie_uhmann_autorin) oder Facebook (Maggie Uhmann) erreichbar. Lasst mich zum Beispiel wissen, wie eure Vanillekipferl gelungen sind ☺

Eure

Maggie Uhmann, im Oktober 2022

Vanillekipferl (für zwei, oder mehr):

270 g glattes Mehl, 170 g Butter, 50 g Staubzucker, 1 Pkg Vanillezucker, und 70 g geriebene Walnüsse (es gehen auch Haselnüsse oder Mandeln) werden zu einem glatten Teig verknetet. Im Kühlschrank 1 Stunde rasten lassen, dann den Teig zu Kipferln formen. Auf einem mit Backpapier belegten Blech im Rohr bei 200 Grad ca. 10 Minuten backen, bis sie leicht gebräunt sind. Danach kurz abkühlen lassen und noch lauwarm in Staubzucker, der mit Vanillezucker vermischt wurde, wälzen. Die Menge ergibt ungefähr 50-60 Stück. Achtung, sie brechen leicht – aber ein guter Grund, um gleich zu kosten. Gutes Gelingen!

In der Feudal-Reihe erschienen noch:
Feudal verliebt (2021)

Weitere Bücher von Maggie Uhmann:
Korallenträume und Floridaliebe
(erschienen im Flamingo-Tales-Verlag, 2022)

Herz ausser Takt (2021)